亦舒精選集

胭脂

香港的經典——亦舒

數十年以來，亦舒為讀者寫下了三百多個都市故事，創造了經典的都市女性，蔣南孫、喜寶、黃玫瑰等，不一而足。

二〇二三年，我們隆重推出「亦舒精選集」，初步計劃是三年內出版三十種。

從亦舒三百多部作品中精挑三十種，並不是一件輕鬆的事，根據讀者反映及作者意見，將分為經典之作、作者自選及影視作品。

亦舒出道近六十年，和天地圖書的合作也有四十多年，過往眾多舊作已缺貨，現重新編輯設計，出版精選集，既方便讀者收藏，也希望吸引新讀者關注這位成名數十載的香港作家。

亦舒筆下所寫的，多是獨立女性的故事。

我們期望一代又一代的讀者，能夠在亦舒筆下的世界裏，找到自己熟悉的背影，成為一個思想獨立的人。

天地圖書有限公司　編輯部

二〇二三年四月十一日

www.cosmosbooks.com.hk

書　　名　亦舒精選集 —— 胭脂
作　　者　亦　舒
責任編輯　吳惠芬
美術編輯　郭志民
出　　版　天地圖書有限公司
香港黃竹坑道46號新興工業大廈11樓（總寫字樓）
電話：2528 3671　傳真：2865 2609
香港灣仔莊士敦道30號地庫（門市部）
電話：2865 0708　傳真：2861 1541
印　　刷　亨泰印刷有限公司
柴灣利眾街德景工業大廈十字樓
電話：2896 3687　傳真：2558 1902
發　　行　聯合新零售（香港）有限公司
香港新界荃灣德士古道220-248號荃灣工業中心16樓
電話：2150 2100　傳真：2407 3062
出版日期　2024年2月／初版・香港

ISBN：978-988-201-373-5

每個人都有母親。沒有母親，就沒有我們。

我有母親，自然，同時我亦是別人的母親。

許久許久之前，我已領悟到生命的奇妙，為了這個原因，我尊重我母親，至於我愛母親，那又是另外一個故事了。

我母親與別人的母親有點不一樣。

她很年輕。

通常來說，一個三十四歲的中年婦人的母親，應該穿襲灰色絲旗袍，梳個髻，一臉慈祥的皺紋，一開口便「孩子呀，娘是為你好……」閒時弄了粥飯麵點，逼着女兒吃下去。

我母親卻不是這樣的，母親只比我大十七歲。或者你會說，呵，一個五十一歲的女人也就是老女人了，但那是因為你沒有見過我母親的緣故，但凡見過她的人，都不置信一個女人可以保養得那麼好，風姿綽約，比起她的女兒有過之而無不及。

事實上，我的女兒，十七歲的陶陶，常常說：「我情願外婆做我的母親，她長得美，打扮時髦，而且思想開通。」

母親長得美，是因為她的母親、我的外婆，是一個美女，她得了她的遺傳，輪到我，就沒有那麼幸運，我長得像我爹。而陶陶，她得天獨厚，我母親，她外婆的一切優點，都可以在她身上找到。

我是最不幸的夾心階層，成為美女的女兒，以及美女的母親，但我本身，長得並不太美。

我有一位仍然穿猄皮褲子的母親，與正在穿三個骨牛仔褲的女兒，我無所適從，只得做了一大堆旗袍穿。

有時候連我自己都覺得比母親還老。

親友都說：「之俊同她母親，看上去像是兩姐妹。」

他們又說：「陶陶同她母親看上去也像兩姐妹。」

這時候母親會啐他們，「發神經，再說下去，外婆同外孫女都快變成兩姐妹了！」一連命運都是遺傳性的。每隔十七年，我們家便有一個女兒出生，還有什麼話好說。

三個女人並不在一起住。

母親同老女傭一姐住老房子。一姐是她自五〇年以六十元港幣僱下的順德籍女傭，相依為命。

我自己住一層中級公寓。

陶陶住學校宿舍，假日週末兩邊走。

說到這裏，應該有人發覺我們生活中好似欠缺了什麼。

男人。

我的父親呢？陶陶的外公在什麼地方？

父親一早便與母親分開，另娶了一位廣東婦女，再養了兩個兒子，與陶陶差不多年紀。

他們之間的故事，猶如一列出了軌的火車，又長又悲。

我的母親很特別，不見得每個老女人都有一段情，但她有許多過去，鋪張的說出來，也許就是一篇張愛玲式的小說。

陸陸續續，在她的申訴與抱怨中，一點點積聚，我獲得資料，了解她生命中的遺憾與不如意。

都是為了男人。

男人不與我們住，不代表我們不受男人的困惑。

陶陶的父親，也已與我分開良久良久。

我們的家，此刻似個女兒國，無限的惆悵，多說無益。

不過陶陶是我們生活中的光輝。

從沒有後悔把她生下來。

從小她就是個可人兒，住在外婆家，由一姐把她帶大。

一姐本來要辭工，兩隻手搖得似撥浪鼓，說受夠了我小時候的急脾氣，這下子她也老了，不能起早落夜的帶小娃娃。但是孩子一抱到她面前，她就軟化。

陶陶出生時小得可憐，才兩公斤左右，粉紅色，整張臉褪着皮，額角頭上的皺紋比小沙皮狗還多幾層，微弱得連眼睛都睜不開來，又沒有頭髮，醜得離奇。

我哭個不停，我以為初生嬰兒都像小安琪兒，滾胖的面孔，藕般一截截雪白的手臂，誰曉得經過莫大的痛苦後，生下一隻似小老鼠的傢伙。

我根本不願意去碰陶陶，良久也沒有替她取名字。

這個名字是葉伯伯取的。

葉伯伯是誰？慢慢你會知道的。

葉伯伯說：「『陶』，快樂的樣子，瓦器與瓷器的統稱，造就人才，修養品格謂之陶冶，這是個好字，她又是女嬰，叫陶陶罷。」

陶陶就是這樣成為陶陶。

母親升級做外婆，非常受震盪，她困惑的說：「別的女人輕易可以瞞歲數，我卻不能，外孫都出世了，真是命苦。」

命苦是真的，因為不能瞞歲數而呻命苦是假的。

因為嬰兒實在醜與可憐，大家都愛她。

一晃眼便十七年。

有很多事不想故意去記得它，怕悔恨太多，但陶陶一直給這個家帶來快樂歡笑。

最令人驚奇的，是陶陶越來越漂亮，成為我們生命中的寶石。

母親喜歡說：「一看就知道她是上海人，皮子雪白。」

她痛恨廣東人，因為父親另娶了廣東女人。

其實現在已經不流行了。現在作興痛恨台灣女人。

所以母親外表最時髦，內心仍然是古舊過時的，像一間裝修得非常合時的老房子，她此刻住的房子。

房子還是外公的錢買的。她自父親那裏，除了一顆破碎的心，什麼也沒得到。

她老是說：「咱們家的女人，沒有本事。」

我總寄希望於將來：「看陶陶的了。」

這一日是週末，母親與女兒都在我家。

我極度不開心，因為陶陶的男朋友不合我意。

他是個十八九歲的西洋人，不知混着什麼血統，許是葡萄牙，許是英國，眼睛黃黃的，陰沉得不得了，身板高大，頗會得玩，最討厭的還數他的職業，竟是個男性模特兒。

陶陶與他走了一段日子，最近打算與他到菲律賓旅行。

我極力反對。

陶陶舉起雙手笑，「我投降，凡是母親都要反對這種事，你也不能例外？媽媽，我可以告訴你，即使我同喬其奧在一起，我仍然愛你。」

「我不喜歡那男子。」我說。

「你不必喜歡他，我喜歡就行了。」

我很不開心，默默坐下。

陶陶的外婆幸災樂禍，「你現在知道煩惱了吧，之後，那時我勸你，也費過一大把勁，結果如何？」

「母親，」我說：「在我教導陶陶的時候，你別插嘴好不好？」

母親聳聳肩，「好，好，天下只有你有女兒。」她轉身回廚房去看那鍋湯。

陶陶過來蹲在我身邊。

我看着她那張如蘋果一般芬芳可愛的面孔，她梳着流行的長髮，前劉海剪得短短，有幾絲斜斜搭在她眼前，眼角盡是笑意。

「陶陶，」我知道這不公平，但我還是忍心把大帽子壓下去，「你是我的一切。」

「胡說。」陶陶笑，「你還年輕，你還在上學，你有事業，你有朋友，你應該再物色對象結婚，什麼你只有我？你還有許多許多。」

我如洩氣的皮球，如今的年輕人真是精明。

「那麼當做件好事，陶陶，不要跟那個人走。」

「為什麼？」她問：「只為你不喜歡他？」

母親的聲音來了，「之俊，你過來。」

「什麼事？」我走進廚房。

母親推上門，「你這個人，你非得把陶陶逼到他懷裏去不可？」

「這話怎麼說？」

「他們正情投意合，你的話她哪裏聽得進去，反了臉她走投無路還不是只得跟了那喬其奧跑，你真糊塗！」

「那怎麼辦？」

「當然只好隨得她去，聽其自然。」

「不行，」我說：「她是我女兒。」

「不行也得行，你何嘗不是我的女兒，你想想去，你若依了我的老路走，她就會蹈你覆轍。」母親說。

我閉上雙目。

陶陶敲門，「外婆，我可以進來嗎？」

母親換上笑臉，「我想照外國人規矩，陶陶，別叫我外婆太難聽，叫英文名字算了。」

陶陶推門進來，「好了好了，媽媽，如果你真的為了這件事不高興，我不去就是了。」

母親白我一眼，不出聲。

陶陶有點興致索然，「我此刻就同他去說。」

母親叮囑她，「記得回來吃飯。」

陶陶一陣風似的出門。

我喃喃說：「青春就是青春，六塊半一件的男裝汗衫，都有本事穿得那麼漂亮。」

「你小時候也一樣呀。」母親捧杯咖啡在我對面坐下。「連我小時候亦何嘗不如此。上海梵皇渡兆豐公園入場要門券，在出口碰到的男人，為了多看我一眼，還不是重新買票入場跟着多跑一轉。」

我笑：「怕是你往自己臉上貼金吧，這故事我聽過多次了。」

母親冷笑一聲，「嘿！我噱你幹什麼？」

我喝口咖啡，「以壯聲色。」

「之俊，你少理陶陶的事，她比你小時候有分寸得多。」

我瞪大眼睛，「我怕她行差踏錯。」

「得了，時勢不一樣了，現在無論發生什麼事，都可以視為一種經歷，你理她呢！你是她母親，反正你得永遠支持她。」

我問：「在我小時候，為什麼你沒有此刻這麼明理？」

她理直氣壯的說：「因為當時我是你的母親。」

我哈哈大笑起來。

「隨她去吧，稍過一陣，陶陶便會發覺喬其奧的不足。」

「喬其奧，活脱脱是男妓的名字。」

「之後，你別過火好不好？」母親勸説。

我長長歎口氣。

母親改變話題：「最近生意如何？」

「當然非常清淡，如今破產管理局生意最好。」

「你也賺過一點。那一陣子真的忙得連吃飯工夫都勻不出來。」

「都是葉伯伯的功勞。」

「難得他相信你，作了保人，把整幢寫字樓交給你裝修。」

我用手撐着頭，「還找了建築師來替我撐腰……他一直説他把我當親生女兒一樣。」

母親點着一支煙，吸一口，不出聲。

我為自己添杯黑咖啡，笑説：「其實我差點成為他的女兒，世事最奇妙，當時如果你跟葉伯伯先一年來香港，就好了。」

母親噴出一股香煙，「是你外婆呀，同我說：『你前腳出去跟葉成秋，我後腳跳樓』，叫我嫁楊元章，嘿，你看，我自己挑的人好呢，還是她挑的人好？所以，你對陶陶，不必太過。」

「但那個喬其奧，叫我拿性命財產來擔保，我都說他不是像有出息的樣子。」我憤慨的說。

「你外婆當年也這麼數落葉成秋。」母親說：「跟你說時勢不一樣了。你瞧瞧近年來走紅的喜劇小生，就明白了。」

我被她說得笑了起來。

「你怎麼不為你自己着想呢？找個對象，還來得及。」

「這個說法已不合時宜。」

「你總得有人照顧。」

「你應該比我更知道，不是每個男人都似葉成秋。」弄得不好，女人照顧男人一輩子，他肯被女人照顧而又心懷感激的，已算是好男人，有些男人一邊靠女人一邊還要心有不甘，非常難養。

我說：「我幫你洗杯子。」

「明天你父親生日，」母親說：「你同陶陶去一趟。」

我說：「陶陶不必去了，她一去關係就複雜。」

「你父親頂喜歡陶陶。他對我不好，對你仍然是不錯的。」母親說。

這是真的。當年他已經很拮据，但仍然拿款子出來資助我開店。我猶豫。

「他喜歡吃鮮的東西，你看看有啥上市的水果，替他買一點去。還有，酒呢，要好一點的威士忌，拔蘭地伊講是廣東人吃的，討了廣東老婆，仍不能隨鄉入俗，算什麼好漢！」

母親的口氣，一半怨，一半恨，仍帶着太多的感情，在這方面，我比她爽快得多了。

我這輩子只打算記得兩個人的生日：自己的，與陶陶的。

待我收拾好杯子出來，母親不知沉湎在什麼回憶中。

我拍拍她手，「你若戒了煙，皮膚還可以好一點。」

「好得過你爹？上次看到他，他可比電視上頭戴水手帽子充後生的中生要登樣得多。」

父親是那個樣子，永恆的聖約翰大學一年生，天塌下來，時代變了，地下鐵路早通了車，快餐店裏擠滿吃漢堡包的人，他仍然是老樣子，頭髮蠟得晶光鋥亮，西裝筆挺，用名貴手帕，皮鞋擦得一塵不染，夏天規定要吃冷麵，藥芹拌豆乾絲，醉雞。

陶陶最討厭這三樣菜。

陶陶亦討厭她兩個舅舅。

是，舅舅是父親跟後妻生的兩個男孩，年紀同陶陶差不多的。

母親說：「那廣東女人也不好過，當初以為揀到什麼寶貨，誰知他一年不如一年，如今連傭人也辭掉，廣東女人只得兼任老媽子，服侍他豈是容易？又沒有工作，坐食山崩，」母親嗤的一聲笑出來，「我應該說，山早已崩了。」

我轉頭說：「到現在就不該有狹窄的鄉土觀念了，這根本是廣東人的地方。」

母親惱怒，「你老幫着他，你怎麼不站在我這一邊？」

我陪笑。母親仍然愛使小性子，自小寵壞了，一直拒絕沾染紅塵。

說也奇怪，母親也歷劫過抗戰，也見過金元券貶值，也逃過難，總還是嬌滴滴，歷史是歷史，她是她。

反而我，匆匆十多年，帶着三分感慨，七分無奈，中年情懷畢露，化為灰燼，一切看開了。

或許陶陶並不這麼想。

或許陶陶會暗笑：看開，還會對喬其奧抱這樣的偏見？

我微笑。

母親說：「笑好了，笑我這個老太婆嘛！」

「你有葉伯伯幫你，」我說：「這還不夠？人生有一知己足矣。」

母親不響。

我說：「陶陶今年中學畢業，本市兩間大學呢，她是考不上了。送她出去，一則太貴，二則不捨得。留下她呢，又怕她吊兒郎當，不務正業。你看怎麼辦？」

「總得送她出去。」

「到了外國，不知瘋得怎麼樣。」

「要賭一記的。」

說到曹操，曹操就到。

陶陶開門進來，身邊跟着她的男朋友喬其奧。

這男孩子並不醜，你甚至可以說他是英俊的，但我卻一直覺得他對陶陶有不良企圖。

我頓時沉下面孔，她帶他上來幹什麼？

反而是母親，迎上前去打招呼。

陶陶連忙介紹，「這是我外婆，你沒見過，外婆，這是喬其奧卡斯杜。」

炎黃子孫都死光了，我小囡要同雜種夾在一道，我胸中被一股莫名其妙的氣塞住，演繹在面孔上，一雙眼睛不肯對這個年輕人正視，只是斜斜睨着他。

「媽媽，你是見過喬其奧的。」

這小子先看着我母親說：「沒想到陶陶的外婆這麼年輕，她一直說她有個全世界最年輕的外婆，我也一直有心理準備，不過今日見了面，還是大吃一驚。」

母親只得接受奉承。

喬其奧又對我說：「不，陶陶的母親更年輕，許多這樣年紀的女性還在找男朋友呢！」陶陶似乎很欣賞喬其奧這張油嘴。

他伸出𥇦得金棕的手臂，便與我們大力握手。

陶陶推他一下，「你同我母親說呀！」

他駕輕就熟的提出要求：「我要與陶陶到菲律賓去。」

我也很坦白直爽，甚至不失為愉快地答：「不可以。」

陶陶笑說：「是不是？我同你說過。」

我趕緊把陶陶拉在我身邊，看牢我的敵人，怕他撲過來。

「伯母——」

「你可以叫我楊小姐，」我說，「左一聲伯母右一聲安娣，我什麼地方都不用去了。」

他尷尬地解釋，「我們這次去是應廣告公司聘請，一大堆人——」

「不可以，」我說：「陶陶還未滿十八歲，她沒有護照，我想我們不用再繼續討論這個問題，你應當很高興我仍讓你與陶陶出去看戲跳舞。」

我聲音嚴厲起來，倒像是個老校長。

喬其奧露出訝異的神色來，這小子，沒想到我這麼古板吧，且毫不掩飾對他的反感。

嘿，他也不是省油的燈，並不敢與我硬拚，立刻退而求其次，打個哈哈，聳聳肩，笑着說：「也許等陶陶廿一歲再說。」

我立即說：「最好是那樣。」

陶陶吐吐舌頭，笑向男朋友警告：「我早同你說，我母親有十七世紀的思想。」

做外婆的來打圓場，「好了好了，今年不去明年去。」

「但媽媽，我想拍這個廣告片。」陶陶不放鬆。

「什麼廣告片子？」

喬其奧接下去，「黃金可樂的廣告。」

我看着陶陶，她面孔上寫滿渴望，不給她是不行的，總得給她一些好處，這又不准，那又不許，遲早她要跳起來反抗。

我說：「你把合同與劇本拿來我瞧過，沒問題就准你。」

陶陶歡呼。

我的女兒，長那麼大了，怎麼可能？眼看她出生，眼看她牙牙學語，掙扎着走路，轉眼間這麼大了。小孩子生小孩子，一晃眼，第一個小孩子老了，第二個小孩子也長大成人。我簡直不敢冷眼旁觀自己的生命。

這一剎那我覺得凡事爭無可爭。

「媽媽，我不在家吃飯。」

「明日，明日記得是你外公生日。」

「我也要去嗎？」陶陶做一個鬥雞眼。

「要去。」

「送什麼禮？」

「我替你辦好了。」

陶陶似開水燙腳般拉着喬其奧走了。

女大不中留。以前彷彿有過這樣的一套國語片，母親帶我去看過。

媽媽再坐了一會兒也走了。

我暫時放下母親與女兒這雙重身份，做回我自己。開了無線電，聽一會子歌，取出記事簿，看看明天有什麼要做的，便打算休息。

陶陶沒有回來睡。她在外婆處。

午夜夢迴，突然而來的絮絮細語使我大吃一驚，聽仔細了，原來是唱片騎師在喃喃自語。

我撐起床關掉無線電，卻再也睡不着了。

第二天一早回公司。

所謂公司，不過是借人家寫字樓一間房間，借人家一個女孩子替我聽聽電話。

你別說，這樣的一間公司在五年前也曾為我賺過錢，我幾乎沒因而成為女強人，至今日市道大不如前，我仍然做私人樓宇裝修，即使賺不到什麼，也有個寄託。

最近我替一位關太太裝修書房，工程進行已有大半年，她老是拿不定主意，等淺綠色牆紙糊上去了，又決定撕下來，淡金色牆腳線一會子要改木紋，過幾日又問我能否接上水龍頭，她不要書房要桑拿浴間啦。

我與她混得出乎意料的好。

關太根本不需要裝修，她的態度似美國人打越戰，麻煩中有些事做，挾以自重。

我？我反正是收取費用的。她現在又要我替她把那三米乘三米的書房裝成化妝室。插滿粉紅色駝鳥毛，她說。

噯，這行飯有時也不好吃，我也有週期性煩躁的時候，心中暗暗想逼她吃下整隻生駝鳥。

不過大多數時間我們仍是朋友。

我出外買了禮物，代陶陶選一打名貴手帕給她外公。

五點多她到我寫字樓來接我，我正在與相熟的木匠議論物價飛漲的大問題，此刻入牆衣櫃再也不能更貴等等，陶陶帶着陽光空氣進來，連木匠這樣年紀身份的人都目為之眩。

我笑說：「這是我女兒。」

「楊小姐，你有這麼大的女兒！」他嘴都合不攏。

我心想：何止如此，弄得不好，一下子升為外婆，母親就成為太外婆。太外婆！出土文物！這個玩笑不能開。

我連忙說：「我們改天再談吧。」

木匠站起來，「那麼這幾隻松木板的貨樣我先留在這裏。」

他告辭。

陶陶在有限的空間裏轉來轉去，轉得我頭昏。

「楊陶，你給我靜一靜。」我笑。

「你看看我這份合同。」她十萬分火急。

我打開來一看是亞倫蔡製作公司，倒先放下一半心。這是間有規模的公司，不會胡來。

我用十分鐘把合同細細看過，並無漏洞，且十分公道，酬勞出乎意料之外的好，便以陶陶家長身份簽下名字。

陶陶擁抱我。

我說：「不要選暴露泳衣。」

「媽媽，我賺了錢要送禮物給你。」她說。

陶陶都賺錢了，而且還靠美色，我大大的訝異，事情居然發展到這個地步。

「這份工作是喬其奧介紹的。」陶陶說。

我說：「你不提他猶可，陶陶，外頭有人傳說，他專門陪寂寞的中年太太到的士可消遣。」

「有人妒忌他，沒有的事。」陶陶替他申辯。

「看人要客觀點。」

她回我一句：「彼此彼此。」

我氣結。

「媽媽，」她顧左右而言他，「看我昨日在外婆家找到什麼。」她取出一支鋼筆，「古董，叫康克令，是外婆唸書時用的。」

「你怎麼把外婆的紀念品都掏出來，還給我。」我大吃一驚，「這是葉成秋送她的。」

「葉公公是外婆的男朋友吧？」陶陶嘻笑。

我把筆搶回來，「你別把人叫得七老八十的，你這傢伙，有你在真礙事，一個個人的輩份都因你而加級。」

「外婆跟葉公公到底是怎麼一回事？」陶陶問。

「他們以前是同學。」

「他們以前一定很相愛，看得出來。」

「你懂什麼？」

「但外婆為什麼忽然嫁了外公？是因為有了你的緣故？」

「你快變成小十三點了。」

「看，媽媽，有什麼話是不能說的呢？我又不是昨日才出生的。」

我歎口氣，「不是，是因為太外婆不准你外婆同葉公公來往，你葉公公一氣之下來香港，外婆只好嫁外公，過一年他們也來香港，但兩人際遇不同，葉公公發了財，外公就一蹶不振。」

陶陶聽得津津有味，「你可是在香港出生？」

「不，我是上海出生，手抱的時候來到香港。」

「那日喬其奧問我可是上海人，我都不敢肯定。」

我沒有回答她這個問題。

「我父親可是上海人？」陶陶問下去，「什麼叫上海人？我們做上海人之前，又是什麼人？」

我笑道：「我們世世代代住上海，當然是上海人。」

「但以前上海，沒有成為大都市之前，又是什麼樣子？」

「我不是考古學家，來，上你外公家去。」

「咦，又要與大獨二刁見面了。」

我呆住，「你說啥？」

「他們兩兄弟。」

「不，你叫他們什麼？」

「唐伯虎點秋香裏的華文華武呀，不是叫大獨二刁？」

我轟然笑起來，不錯，陶陶確是上海人，不然哪裏懂得這樣的典故。我服帖了，她外婆教導有方。

母親是有點辦法的，努力保持她獨有的文化，如今連一姐都會得講幾句上海方言。

陶陶口中的大獨二刁並不在家。

我與父親單獨說了幾句話。

父親的頭髮梳得一絲不亂，髮蠟香氣撲鼻，有點刺人，身上穿着國語片中富貴人家男主角最喜歡的織錦短晨褸，腳上穿皮拖鞋。不止一次，我心中存疑，這些道具從什麼地方買來？

這就是我的父親，在我兩歲時便與母親分手的父親。

記憶中幼時我從沒坐過在他膝頭上。我熟悉葉伯伯比他更多，這也是他氣憤的原因。「爹，」我說：「生日快樂。」

「一會兒吃碗炒麵吧，誰會替我慶祝呢，」他發牢騷，「貧在鬧市無人問，五十歲大壽不也這麼過了，何況是小生日。」

「爹，要是你喜歡，六十歲大壽我替你好好辦一下。」

「我像是活得到六十歲的人嗎？」他沒好氣。

「爹。」我很了解，溫和的叫他一聲。

他說：「還不是只有你來看我。」

「陶陶也來了。」

「我最氣就是這個名字，楊陶楊桃，不知是否可以當水果吃。」當然，因為這個名字是葉成秋取的。

我會心微笑。

「過來呀，讓外公看看你呀。」父親說。

陶陶過去坐在他身邊，順手抓一本雜誌看。

父親歎口氣，「越來越漂亮，同你母親小時候似一個印子。」

陶陶向我睞睞眼。

這時候父親的妻子走出來，看到我們照例很客氣的倒茶問好，留飯讓座，我亦有禮物送給她。

她說：「之俊，你真是能幹，我那兩個有你一半就好了。」

我連忙說：「他們能有多大！你看陶陶，還不是有一搭沒一搭的。」

她穿着旗袍，料子還新，式樣卻是舊的，父親的經濟情況真的越來越不像樣了。

她說：「當年你爹要借錢給你做生意，我還反對，沒想到兩年不夠，連本帶利還了來，真能幹，不過那筆款子也早已填在家用裏，身邊要攢個錢談何容易。兩個兒子的大學費用，也不知該往哪裏籌備。」

日子久了，後母與我也有一兩句真心話，我們兩人的關係非常曖昧，並不如母女，也不像朋友，倒像妯娌，互相防範着，但到底有點感情。

父親在那邊聽到她訴苦，發作起來，直叫：「大學？有本事考獎學金去！我不是偏心的人，之俊也沒進過大學堂，人家至今還在讀夜學，六年了，還要考第三張文憑呢！要學，為什麼不學之倹？」

我很尷尬，這樣當面數我的優點，我真擔當不起，只得不出聲。

後母立刻站起來，「我去弄麵。」

我過去按住父親。

他同我訴苦：「就會得要錢，回來就是問我要錢。」

我說：「小孩子都是這個樣子。」

「她也是呀，怕我還揑着什麼不拿出來共產，死了叫她吃虧，日日旁敲側擊，好像我明日就要翹辮子似的，其實我也真活得不耐煩了。」

我心想：外表年輕有什麼用？父親的心思足有七十歲，頭髮染得再黑再亮也不管用。

我陪着笑，一瞥眼看到陶陶瞪着眼抿着嘴一本正經在等她外公繼續訴苦，一派伺候好戲上場的樣子，幸災樂禍得緊，我朝她咳嗽一聲，她見我豎起一條眉毛，吐吐舌頭。

父親說下去，「你母親還好吧？」

「好。」

「自然好，」父親酸溜溜的說：「她有老打玲照顧，幾時不好？」

越說越不像話了，父親就是這點叫人難堪。

他並沒有停下來的意思。「憑葉成秋此刻的能力，她要什麼有什麼，有財有勢好講話啊，不然她當年那麼容易離開我？不過葉成秋這個人呢，走運走到足趾頭，做塑膠發財，做假髮又賺一票，人家搞成衣，他也搭一腳，電子業流行，又有他份，炒地皮，又有人提攜他，哼！什麼叫鴻運當頭？」

「爹，來，吃壽麵。」我拉他起來。

陶陶調皮地笑。

他是這樣的不快樂，連帶影響到他的家人。

我記得母親說當年他是個很活潑倜儻的年輕人，祖父在上海租界做紗廠，很有一點錢，他一帆風順進了大學，天天看電影喫咖啡結交女朋友，早已擁有一架小轎車，活躍在球場校園。

一到香港便變了，母親說他像換了個人。

他一邊把麵撥來撥去淨挑蝦仁來吃，一邊還在咕噥，「……投機！葉成秋做的不過是投機生意，香港這塊地方偏偏就是適合他，在上海他有什麼辦法？這種人不過是會得投機。」

我與陶陶坐到九點半才離開，仁至義盡。

「可憐的外公。」她說。

我完全贊同。

陶陶說下去：「他們一家像是上演肥皂劇，不停的衝突，不停的埋怨。」

我說：「他忘不了當年在上海的餘輝。」

「以前外公家是不是很有錢？」

「當然。連楊家養着的金魚都是全市聞名的；一缸缸半埋在後園中取其涼意，冬天的時候，缸口用篾竹遮着，以防降霜，雪水落在魚身上，金魚會生皮膚病……不知多少人來參觀，你外公所會的，不外是這些。」

陶陶問：「轉了一個地方住，他就不行了？」

我也很感慨，「是呀。」要奮鬥，他哪兒行？

但葉成秋是個戰士。在上海，他不過是個唸夜校的苦學生，什麼也輪不到，但香港不一樣，父親這種人的失意淪落，造就了他的成功，父親帶下來的金子炒得一乾二淨的時候，也就是他發財的時候，時勢造就人，也摧毀人。

陶陶說：「我喜歡葉公公多過外公。」

你也不能說陶陶是個勢利小人，誰也不愛接交落魄的人，不止苦水多，心也多，一下子怪人瞧不起他，一下子怪人疏遠他，弄得親友站又不是，坐又不是，父親便是個最佳例子。

「外公現在到底怎麼樣了？」

「沒怎麼樣，手上據說還有股票。」

連陶陶都說：「股票不是不值錢了嗎？」

我把車子開往母親家。

陶陶說：「我約了人跳舞。」

她身上本就是一套跳舞裝束，最時興的T恤，上面有塗鴉式圖案，配大圓裙子，這種裙子，我見母親穿過，又回來了。

我心微微牽動，穿這種裙子，要梳馬尾巴或是燙碎鬈髮，單搽嘴唇膏，不要畫眼睛……

我溫和的說：「你去吧，早些回來。」

她說：「知道了。」用面孔在我手臂上依偎一下。

我把鋼筆還給母親。

她說是她送了給陶陶的。

我說：「這是葉成秋送你的紀念品。」

「不，葉送的是支派克，這支是我自己的。」

「他那時哪兒有錢買派克鋼筆？」我詫異。

「所以。」母親歎口氣，「那麼愛我，還不讓我嫁他。」

在幽暗的燈光下，母親看上去不可置信地年輕，幽怨動人。

也難怪這些年來，葉成秋沒有出去找青春貌美的情人。他一直愛她，也只愛過她，自當年直到永遠。

她嘲笑自己，「都老太婆了，還老提當年事。對，你父親怎麼樣？」

「嘮叨得很。」

「有沒有抱怨廣東女人生的兒子？」

「有。」

「當初還不是歡天喜地，自以為楊家有後，此刻看着實在不成材了，又發牢騷。」

「還小，看不出來，也許過兩年就好了。」

「男孩子不會讀書還有什麼用？年年三科不合格。陶陶十五歲都能與洋人交談，他的寶貝至今連天氣報告都聽不懂，現眼報，真痛快！」

我驚奇，「媽，你口氣真像他，這樣怨怨相報何時了？他同你早離婚，一點關係都沒有了，何苦咒他？」

「你倒是孝順。」

「媽媽。」

門鈴響起來。

我當然知是什麼人。

偏偏母親還訕訕的，「這麼晚，誰呢。」

一姐去開門，進來的自然是葉成秋。

我如沐春風地迎上去，「葉伯伯，有好幾個禮拜沒見你。」

「之俊，見到你是這個苦海中唯一的樂趣。」

我哈哈地笑，「葉伯伯，恐怕你的樂趣不止這一點點吧。」

「啊，我其他的樂趣，都因這唯一的樂趣而來。」他繼續奉承我。

我們相視再笑。

母親的陰霾一掃而空，斟出拔蘭地來。

我說：「葉伯伯是那種令人覺得一日不見、如隔三秋的人，真想念他。」

「之俊越發圓滑了。」

「老了，碰得壁多，自然乖巧，」我趨近去，「看看這裏的皺紋。」我指向眼角。「芬，芬，」葉成秋叫我母親，「聽聽誰在同我們比老。」我們不停的笑。

「咦，這是什麼？」他指向我襟前。

「是母親送給陶陶的古董筆，我別在這裏。」
他怪叫起來，「是不是我送的那支？」
母親說：「當然不是，真小器，八百多年前送過什麼還刻骨銘心。」
「之俊像足你當年。」
我分辯，「其實不是，陶陶像她才真。」
母親說：「外人見有一分像就覺像。」
「我還算外人？」
我低頭一忖，實在不算外人，我第一隻皮球是他買的，第一隻洋娃娃也是他買的。他問我：「還在讀書啊？」
我點點頭。
母親咕噥，「有啥好讀？六七年還沒畢業，不過是什麼公司秘書課程。」
我心虛地陪笑。
母親說：「當年供你留英留法你偏偏要談戀愛，此刻下了班還到處趕課堂，自作孽。」

葉成秋忙來解圍，「喂，再嚕嗦就是老太婆了，之俊有志氣有恆心是最難得的，別忘記我當年也是滬江大學的夜校生。」

我知道他們都沒有畢業，都在五〇年前後到香港來。

母親咕噥：「那時我們多喫苦……」

葉成秋似笑非笑的看着她，「你吃苦，你吃什麼苦？躲在租界裏，你知道日本鬼是什麼樣子？」

母親白他一眼，「你這個成見總無法磨滅，不上演過一江春水向東流就不成為中國人似的。」

他們很明顯地在優雅地打情罵俏。

我站起來告辭。

葉成秋搭訕地說：「我送之俊。」

「你再多坐一會兒。」我說。

母親即時說：「不必留他，一起走吧。」

我們只得走了。

葉伯伯在電梯裏對我説：「你比你母親成熟。」

他愛她。

愛一個人就是這樣，什麼都包涵，什麼都原諒，老覺對方可愛、長不大、稚氣，什麼都是可憐的，總是捨不得。

我深深歎口氣，母親真是不幸中之大幸，葉成秋一直在她身邊。

「葉伯母的病怎麼樣？」我問。

他黯然，「盡人事而已。」

「也拖了很久。」

「這種癌是可以拖的。」他説：「但是拖着等什麼呢？」

「等新的醫藥呀。」

「哼，三年了。一直看着她掉頭髮發腫嘔吐。之後，生命中充滿荊棘，我們的煩惱為什麼這麼多？」

我説：「不然，怎麼會有人生不如意事常八九這個説法呢？」

「你們年輕人到底好些。」

「葉伯伯，我也不算年輕了。」

「你一直是個特別的孩子，之後，你的固執和毅力都不似得自你父母。」

我苦笑，「你意思是，我好比一條盲牛。」

他說：「之後，如果你是我的女兒，我會快活過現在。」

葉成秋的兒子是本市著名的花花公子。

「我也並不成材，你聽到我母親怎麼批評我。」

他笑。

我最喜歡看到葉成秋笑，充滿魅力、成熟、漂亮的笑，一切都可以在笑中解決，沒有什麼大不了的事，他的肩膀可以擔起生活中無限疾苦，多少次我們母女在困境中團團轉，他出現來救苦救難。

我仰慕這個人，公開地，毫不忌諱地說過一千次，如果要我組織家庭，配偶必需像葉成秋。這個男人是一個奇蹟，任何考驗難不倒他，長袖善舞，熱誠周到，面面俱圓，幾乎男人所有的優點他一應皆全，再加上豐富的常識，天文地理他無所不曉，又懂得生活情趣，這是太重要的一環，他早已成為我與陶陶的偶像。

當然葉成秋的兒子可以成為花花公子，只要學得他父親十分一本事已經足夠。

「我送你。」他說。

司機開着他黑色的丹姆拉在等候。

真看不出他當年在上海只是一個讀夜校的苦學生。

母親說他有好多兄弟姐妹，他父親是個小職員，住在銀行職員宿舍，與母親是中學同學，是這樣愛上的。母親為了他，連家中的汽車與三輪車都不坐了，甘心乘電車，他是文藝小說中標準的窮小子，即使畢業找到工作，待遇菲薄，又得照顧弟妹，也無甚出息，做他妻子前路黑暗，外婆努力拆散了他們。

我要是外婆，我也這麼做，我也不允許陶陶跟這麼一個貧窮的年輕人去吃苦，誰會曉得時局會大變？

我抬起頭說：「我自己開車得啦。」

「要不要去吃杯咖啡？」他問：「時間還早。」

我笑，「真可惜本市沒有一間凱詩令。」

「我哪裏有資格上凱詩令，那是令尊追女仔的地方。」

「不去了。」

「現在你大了，不比以前那麼豁達，怕閒話是不是？」

我答：「免得人家説楊家三代的女人都同葉某有來往。」

他訝異地説：「有誰那麼多嘴？」

我忍不住笑，「我父親。」

他不悦，「楊之章一張嘴像老太婆。」

「你們三個人真可愛，」我説：「爭風喝醋三十載。」

「之後，再過幾年，你會發覺，三十年並不是那麼艱難過，一晃眼歲月悠悠過去，好幾度午夜夢迴，我驀然自床上躍起，同自己説：什麼，我五十三歲了？怎麼會？我什麼也沒做，已經半百？生命是一個騙局。」他笑。

説話中的辛酸並不是笑容可以遮蓋。

葉成秋唯一的訴苦對象可能是我。

我打開車門。

「生意好嗎？」葉成秋問。

「沒關係，有苦經的時候，我會來找你。」我笑。

「你要記得來。」

每次不待我們開口，他已經照顧有加。真正幫人的人，是這樣的，至親友好有什麼需要，暗中留神，不待人家厚着面皮開口，立即自動做到。不是太難的事，一個人有多少至親好友，應該是數得出的。

還有次一等的，便是待人開口，他才動手幫忙，藉口是：我怎麼知道他會不會多心嫌棄？

最下等的人，倒不是有能力不肯幫人的人，而是一直老認為人家非得幫他的人。

無論從哪一個角度看，葉成秋都是上等人。

回到家已經很晚。

陶陶熟睡，穿着鐵皮似的牛仔褲。真服了她，明明去跳舞，忽地換了衣服，也許這是她的睡衣。

第二天一早她上學去了。

我出奇的疲倦，在床沿坐了很久才洗臉。

每天用毛巾擦臉的時候就有無限厭倦，這張老臉呵，去日苦多。

也許沒有陶陶就不覺得那麼老，看着陶陶在過去十七年多每年長高九公分，真令我老。

有那麼大一個女兒真是躲都沒法躲的，我還敢穿海軍裝不成。

陶陶不在的時候，我特別空虛。

回到公司，女孩子同我說，關太太找我多次，十萬分火急，關太太很生氣，說：為什麼楊小姐身邊不帶備一隻傳呼機。

找一口飯吃不容易。什麼叫十萬分火急，我又不止她一個戶頭，不一定能夠即刻撥時間給她。

不過近年來我也想開了，無論多麼小的生意，也很巴結的來做，表示極之在乎。

我覆電給她，她卻在睡中午覺。我答應「在上肇輝台時再順帶到你處彎一彎」。

到她那裏她倒面色和藹，她只不過是寂寞，要人關心她。碰巧我也寂寞，不是損失。

好消息，關太太的浴室要裝修。這使我有痛快的感覺，可以把人家的家弄成防空洞一樣也只有這個機會：瓷磚整幅扯下來，瓷盆敲脱，浴缸往往要拆掉一面牆壁抬出去扔掉，換過發霉的水喉管，使之煥然一新。

也有煩惱，怕主人家要新鋪金色瓷磚，及在天花板鑲鏡子。

關太太説：「我要金色水龍頭，以及意大利手工彩描洗臉盆。」

「花俏的洗手盆最不好。」

「為什麼？」

「隱形眼鏡掉了怎麼辦？」

「我可以預早配定十副。」

這倒是真的，我怎麼沒有想到。

「天花板與一面空牆全鋪鏡子。」
關太太的身材一定很好，平日穿着寬袍大袖的流行款式，也不大看得出來。
我不與她爭論，與客人吵有啥好處？在初初開業的時候我已經領略過這種滋味。
「把鏡子斜斜地鑲在牆壁上，看上去人會修長些。」
嘩，怎麼叫泥水匠做一幅斜牆？我暗暗叫苦
「書房呢？書房怎麼辦？」我問。
「讓它去吧。」
「可是電線還沒有拉好。」
「不要去理它！」關太太懊惱的說：「我當作屋裏沒這間房間。」
「讓我幫你完工如何？等你有了明確的主意，再拆掉重裝吧？」
「真的，楊小姐，真的可以？」
「當然，交在我手中。」
「好的，哦，對了，這是你第三期的費用。」

我道謝。

她歉意的問：「做住宅裝修，很煩吧？」良心忽然發現。

不比做人更煩。「我自己比較喜歡設計寫字樓，但為你關太太服務是不一樣的。」

她很滿意。

關太太是個美麗的女人，年紀比我小幾歲，一身好皮膚，白皙得似外國人，是以從來不肯曬太陽或坐船出海。一年四季皮膚如雪，故此特別喜歡穿黑色衣裳。

當下有人按鈴，女傭去開門，進來一個三十歲左右的男人。關太太替我介紹說是「我先生」。

我稱呼一聲「關先生」，他卻一呆。

沒事我先告辭。

我從沒見過關先生，不知恁地，覺得面熟。

下午我就叫大隊去動工，帶樣板去給關太太挑。

他們同我通電話，說有關先生在，關太太比平時和睦得多。這倒好。

傍晚我去看工程，關太太外出，傭人招呼我。

這間屋子由我一手包辦，間格方面，我比主人家熟。

好好的一層公寓，假使裝成全白，不知多舒適，偏偏要淺紅搭棗紅，水晶燈假地台，緞子窗簾上處處綑條邊，連露台上遮太陽的帆布篷都不放過，弄得非鹿非馬，什麼法國宮廷式。

又去摩囉街搜刮假古董，瓶瓶罐罐堆滿一屋，但凡藍白二色的充明瓷，鬥彩便算乾隆御覽之寶，瞎七搭八，不過用來配沙發墊子及牆紙花紋，真要命。

不知恁地，本市的屋子收拾得再好，也永遠不像有人住的地方，是以我自己的地方亂得驚人，賣花的老娘乾脆插竹葉，受夠了。

我看着洗臉盆搖頭歎氣，裝白色好多呢，配一列玻璃磚，我知道有個地方可以買得到有四隻腳的老式白浴缸。幾時等我自己發了財可以如願以償。

我身後有個聲音傳來：「看得出你最喜歡的顏色是白。」

我轉頭，「關先生。」他還沒走。

「我不姓關。」他笑。

我揚揚眉毛。

「她要自稱關太太，逼得我做關先生。」

我不大明白，只得客氣地笑。

「她出來見人時用關太太這藝名。」「關」先生解釋。

什麼？藝名？即使做戲，也斷然不會姓關名太太。

我茫然。

「關」先生笑了。

「我叫勞倫斯。」

我只得說：「你好。」

「你姓楊，叫之俊？」

「是的。」我點點頭，不想與他攀談下去。

他是個很英俊的男人，年輕，好打扮，左頰有一深深酒渦，帶來三分脂粉氣，但不討厭，身上配件齊全而考究，是有家底而出來玩的那種人。

「你是室內裝修師？」

「稱呼得好聽點，可以這麼說。」

「啊，還有什麼其他叫法？」他彷彿立心要同我打交道。

我勉強的陪笑，側側身走回客廳，他跟出來。

我吩咐工人收工，打算離去了。

「這間屋子若是全髹成白色，你說有多好。」他忽然說。

我為這句話動容。顯然他是出錢的幕後人，關太太是他的情人，他倒是不介意裝修不如他意。

我這次笑得比較自然，仍無所置評。

「天氣這麼熱，喝杯西瓜汁再走如何？」

真夠誘惑。但我搖搖頭，「我們收工了。」

我明天要忙着替女主人去找十八K水龍頭，說不定她還要配榭古茜噴嘴浴缸。

「關」先生說得很對。

天氣這麼熱，地面曬了一日，熱氣蒸上來，眼睛都睜不開，瞇着眼，形成眼袋特別大，皺紋特別深，卻有世紀末風情——是，沒有什麼能夠使我發笑，我就是這麼厭世，如何？有點像梅蓮娜麥高莉。

熱得使人心神恍惚。

快放暑假了。

那時約了小同學在校園影樹下等，一起看工餘場去……菠蘿刨冰，南國電影，真正好。

我把着駕駛盤，交通燈轉了綠色還不知道。

後面一輛平治叭叭響，若不是冷氣房車不肯開窗，司機一定會大喝一聲「女人開車！」

女人。下輩子如有選擇，我還做女人不做？

做得成葉成秋當然好，做蹩腳男人還不如做回自己，我莫名其妙的對自己笑了起來，倒後鏡中看到自己面孔上的T部位油汪汪的，老了，毛孔不爭氣地擴張，瞞得過人，瞞不過自己。

就這樣慌慌張張的回到家。

在夏天，不渾身洗刷過是不得安靜的，淋浴許是我做人的唯一樂趣。我有許多「唯一」樂趣：與陶陶鬥氣，與母親聊天，看電視長篇劇，與葉成秋吃茶，買到合心緒的首飾皮鞋手袋，顧客開支票給我時候……

我希望我會有大一點的喜樂，後來想到這些也是要用精力來換取的，就比較不那麼渴望了。

因為我是做室內裝修的，故此老想起沙崗的一篇小說《你喜歡勃拉姆斯嗎》，那個年輕貌美而富有的男孩子在雨中等待他的中年情人自店舖出來，雨淋濕他的外套，兩人相視無言，男孩子瞥到街招筒上演奏會的廣告，癡癡的問：「你喜歡勃拉姆斯嗎？」盡在不言中。我也渴望能碰到一個這樣的有情人。

尷尬的是，戀愛過後又怎麼辦？結婚？嫁一個小若干歲數的丈夫是需要很大的勇氣的，婚後開門七件事跟着而來，神仙眷屬也不得不面對現實，變得傖俗起來。最可怕的是養兒育女，孩子一出生，那小小的身軀，響亮的哭聲，能把最灑脫的男女打回平凡的原形，這便是戀愛的後果。

所以書中的女主角蒼白而美麗的叫他走，她不能愛他。

聰明的選擇。

我站在鏡子面前，戲劇化地說台辭：「走，你走吧。」雙手抱着胸，皺着眉頭，作痛苦狀。

我並沒有閒着，一邊取出面膜敷上。

油性部份用淺藍色，乾性部份用粉紅色，什麼地方有雀斑與疱疱，則點上咖啡色，一晃眼看，面孔似政府宣傳清潔城市招貼中的垃圾蟲。

我很吃驚。

有情人的女人大抵不可如此放肆，所以一個人有一個人的好處。

別看我女兒都十七歲了，其實我沒有與男人共同生活的經驗，也不敢大膽投入二人世界。

累了，我躺在沙發上睡着。

我「唯一」的享受是這一部兩匹半的分體式冷氣機，每小時耗電五元港幣。

我半睡半醒地享受着物質的文明，發誓終其一生都不要踏入絲路半步，正在這個當兒，電話鈴響起來，我下意識地取過聽筒。

那邊說：「我是勞倫斯。」

是DH勞倫斯還是TE勞倫斯？

我含糊說：「你打錯了。」掛上聽筒。

轉個身再睡，臉上七彩的化妝品怕要全部印到墊子上，管它呢。

電話又響。

我呻吟，又不敢不聽，怕是哪個客戶找我。我說：「找誰？」

「我是勞倫斯。」

「先生，我不認得勞倫斯。」

「我認得你的聲音，你是楊之俊。」

我改變語氣，「閣下是誰？」

「如果我說我是『關先生』，你會記得嗎？」

「哦，關先生，你好，怎麼，」我醒了一半，「關太太有什麼特別要求？」

他且不回答：「你在午睡？」
「是的。」
「啊，真會得享受。」
「關太太有什麼事要找我呢？」
「不是她，是我。」
「你有工作給我？」我明知故問。
「當然也可以有。」
「那麼待彼時我們再聯絡吧。」
「我現在要赴一個約會，再見，關先生，多謝關照。」我再度掛上電話。
吊膀子來了。
連姓甚名誰都不肯説，就來搭訕。
這個男人好面熟，不知在什麼地方見過。
電話鈴再響，電話沒有發明之前，人們怎麼過活的？
是母親。

「今夜我去打牌，你幫我忙把那個長篇劇錄下來。」此牌不同彼牌，母親一直玩橋牌。

「你該買架錄影機。」

「行將就木，生不帶來，死不帶去，嚕嚕囌囌購置那麼多東西幹什麼？」

她又來了，一點點小事便引來一堆牢騷。

「好好好，」我說：「好好好。」

她掛電話。

好好好。這彷彿是我唯一的詞彙。好好好。

陶陶又打電話來。

「明天是喬其奧生日，我們在的士可開派對，媽媽，喬其奧問你要不要來。」

「我不要來，」我光火，「多謝他關照我。」

「媽媽，你應當出來走走吧。」

「不要教我怎麼做，我要是真出來，你才吃勿消兜着走，難道你希望有一個穿低胸衣裳在的士可醉酒勾搭男人的母親？」

她說：「不會的，你控制得太好。」

我沉默，如果真控制得好，也不會生下陶陶。

「媽媽，鞋店減價，你同我看看有沒有平底涼鞋，要白色圓頭沒有裝飾那種。」

「好好好。」

「媽媽，我愛你。」

「我也愛你，幾時暑假？」我的愛較她的愛複雜。

「考完這兩天，就不必上課。」

「你打算住到哪裏去？」

「媽媽，我不是小孩子了。到時再算。」

「喂，喂。」

陶陶已經掛掉電話，免得聽我借題發揮。

該夜索然無味，吃罷三文治匆匆上床。

第二天早上腹如雷鳴，逕往酒店咖啡室吃早餐。

三杯濃茶落肚，魂歸原位。

我結賬往潔具專家處看洗面盆。

他把目錄給我看。

「妙極了，」我說：「這隻黑底描金七彩面盆是我理想的，配黑色鑲金邊的毛巾，嘩，加上黑如鍋底的面孔，像費里尼電影中之一幕。」

老闆大惑不解，「有黑色的毛巾嗎？」

「有，怎麼沒有，只要有錢，在本市，連長鬍鬚的老娘都買得到。」

老闆忽然聽到如此傳神而鄙俗的形容，不禁呆在那裏。我活潑地向他睞睞眼。

他說：「我替你訂一副來吧。」

「要訂？沒有現貨？」我大吃一驚。

「楊小姐，價值數萬的洗臉盆，你叫我擱哪兒？」

「要多久？」

「兩個月。」

「要命，我已經把人家的舊盆拆下來了。」

「你看你，入行那麼久，還那麼冒失。」

「你替我找一找，一定有現貨。」我急起來。

他搖頭，「我獨家代理，我怎麼會不知道？」

「你去同我看看，有什麼大富人家要移民，或者可以接收二手貨。」

老闆笑，「楊小姐，大富人家，怎會此刻移民？人家護照早已在手。」真的，只有中小戶人家，才會惶惶然臨急抱佛腳。

「那我的僱主如何洗臉？」我瞪目問。

他打趣我，「由你捧着面盆跪在地上伺候她洗。」這老闆大抵看過紅樓夢，知道排場。

我歎口氣，「也已經差不多了。」

他見我焦頭爛額，便說：「我盡力替你看看吧。」

「一小時內給我答覆。」

「小姐，我還有別的事在身上。」

「我這一件是最要緊的，明天上午十點我還要考試，你不想我不及格吧？我一緊張便失水準。」我希望拿同情分。

他們都知道這些年來我還在讀書。

「今次考什麼？」

「商業法律。」

「真有你的，好，我盡量替你做。」

我施施然走了，出發到兩個地盤去看工程。中飯與油漆匠一起吃，與他乾了一瓶啤酒。下午趕回家，匆匆翻一輪筆記。

葉成秋打電話來祝我考試順利。

陶陶剛考完歷史，她說：「我想可以及格，媽媽，祝你成績理想。」

「我？」我都不知這些年來我是怎麼考的這些試。

永恆的考試夢，卷子發下來，根本看不懂，莫名其妙土地堂，一堆堆的希臘文與拉丁文，別人埋頭沙沙響書寫，我在那裏默默流淚……

「媽媽？」

「是，我在。」我回到現實來，「我都背熟了的，應該沒問題。」

「祝你幸運。」

「謝謝你。」

四點鐘，潔具代理商來電，說瓷盆沒有現貨，他盡了力幫我。

那我怎麼辦？

他叫我立刻讓師傅幫我將舊盆裝上去。

我說我索性關門不做還好點。

我根本不是鬥士，一有什麼風吹草動，頭一件想到的事便是不幹，棄甲而逃。怎麼對付關太太？我捧住頭。

電話又響，我不敢聽，會不會就是關太太？

那邊很幽默愉快的說：「我是關先生。」

「有什麼事？」我沒好氣，這個吃飽飯沒事做的人。

「我也不旁敲側擊了，楊小姐，出來吃頓飯如何？」

「這是沒有可能的事。」
「楊小姐，嘖嘖嘖，凡事不要說得這麼決絕，說不定哪一天你有事找我，到時你可能會倒轉頭請我吃飯。」
我惱極而笑，「是嗎，如果你手頭上有意大利費蘭蒂搪瓷廠出品的彩色手繪、名為『費奧莉』的瓷盆連十八K鍍金水龍頭一套，我馬上出來陪你吃飯坐枱子，並且穿我最好的透空絲絨長旗袍及高跟鞋！」
他呆在電話那一頭。
我自覺勝利了，「如何？」
「你怎麼知道我有一套這樣的瓷盆？」
「什麼？」我驚問：「你有什麼？」
「我有一套你所形容的瓷盆，昨天才從翡冷翠運到。」
我忽然之間明白了，關太太就是知道他家中有這樣的瓷盆，所以才磨着叫我也替她弄一個一模一樣的浴室，這是果，不是因。
我服了。

「楊小姐，你說話算不算數？我一小時後開車來接你，吃完飯，你明天可以叫人來抬這套潔具。如果你肯一連三晚出來，我還有配對的浴缸與水廁。」

我覺得事情太荒謬滑稽了，轟然大笑起來。

「關」先生說：「我們有緣份，你沒發覺嗎？」

「不，」我說：「我沒有發覺。」

「我可以把整個浴間送給你，真的，只要你肯出來。」

「我要看過貨物。」我歎口氣。

「當然，就約在舍下如何？我立刻來接你，你愛吃中菜還是西菜？我廚子的手藝還不錯。」

怎麼搞的？怎麼一下子我會決定穿起絲絨晚裝登堂入室送上門去？

「好的。」我想或許是值得的，試試也好，沒有第二條路可走了。

他歡呼一聲，「好得不得了。一會兒見。」

這是不可把話說滿的最明顯例子之一。幸虧我沒答應會裸體去陪他跳舞。

我刷鬆頭髮，穿上我唯一的長旗袍。發瘋了，也罷也罷，索性豁出去玩一個晚上。

門鈴響的時候，我故意扭着腰身前去開門。

這個勞倫斯穿着禮服站在門外，手中持一大球蘭花。

他見到我立刻擺出一個駕輕就熟驚艷的表情。

我訕笑他。他居然臉紅。

他實在不算是個討厭的人，我應該消除對他的陳見。

出門之前我說：「這事不可以叫你太太知道，否則瓷盆也不要了，我的工也丟了。」

「她不是我太太，」關先生說：「她也不姓關，她真名叫孫靈芝。」

「哦。」我想起來。

是十年前的檀香山皇后。

「那你姓什麼？」

「我沒說嗎？抱歉抱歉，我姓葉。」

葉？這下子我不得不承認楊家的女人與姓葉的男人有點緣份，我沉默。

他的家非常漂亮，豪華得不像話，並不帶紈袴之意，只有行內人如我，才會知道這座公寓內花了多少心血。

「我一個人住。」

「好地方。」

我們並不是一對一，起碼有三個以上的傭人在屋內穿插。

他很滑頭的說：「要看東西呢，就得進房來。」

我只得大方地跟進去。

他並沒有吹牛，套房裏堆着我所要的東西。

整間睡房是黑色的，面積寬闊，連接着同色系的書房，因為裝修得好，只覺大方，不覺詭異。

我歎為觀止，「誰的手筆？了不起。」

「真的？你喜歡？」

「是哪位師兄的傑作？」

「我。」

我笑，不相信。

「真是我自己。不信你可以問華之傑公司，傢具是他們的。」

大水沖到龍王廟，華之傑正是葉成秋開的出入口行，寫字樓全部由我裝修。

「我會問。」

「真金不怕洪爐火。」他聳聳肩。

他服侍我坐下，我們兩相對吃晚餐。

「你這件衣服真不錯。」他稱讚我。

「謝謝。」我說。

他倒是真會討女人歡喜，算是看家的本領。

「今天晚上無限榮幸。」

「謝謝。」

「之後，我想，或者我們可以做一做朋友？」

我搖搖頭。

「你有男朋友？」

我搖頭。

「情人？」

我再搖頭。

「丈夫？」他不置信。

「沒有。」

「你生命中此刻沒有男人？」

我繼續搖頭。

「我有什麼不好？」

他不是不好，他只是沒有我所要的質素。

「你擔心孫靈芝是不是？不要緊，這種關係可以馬上結束。」

我笑了，叫我代替關太太做他的愛人？我又搖頭。

「我們改天再談這個細節吧。」

我看看錶，「我要回家休息了，我明天一早要考試。」

「考試！」他驚異，「你還在讀書？讀什麼書？」

「改天再告訴你，太多人問我這個問題，我已做有圖表說明，可以影印一份給你。」我笑。

「今天晚上，你已經很破例了吧？」他很聰明。

「我極少出來玩。」

「別辜負這件漂亮的衣裳，我們跳隻舞，舞罷我立刻送你回去。」

他開了音響。是我喜歡的怨曲，正是跳慢舞的好音樂，在這種環境底下，真是一舞泯恩仇。

我與他翩翩起舞，他是一個高手，輕輕帶動我，而我是一個好拍檔，他示意我往哪裏去，我便轉向哪兒，我太寫意，竟不願停下來，一支一支的與他跳下去。

他的跳舞是純跳舞，絲毫沒有猥瑣的動作，我滿意得不得了。

最後是他建議要送我回家的。

道別的時候我說：「多謝你給我一個愉快的晚上。」

「像你這樣標致的女郎，應當多出來走動。」

我回讚他，「不一定每次都找到像你這般的男伴。」

「我早說我們應當做朋友了。」

我但笑不語。我沒有吃下豹子膽。

入睡前我還哼着歌曲。

第二天考試毫無困難，舉三次手問要紙，題目難不倒我。旁邊位置的考生咬破了鉛筆頭，我心頭哈哈狂笑，像做上武林盟主的奸角。很多人不明白我為何唸夜校也可以唸上六七年，恆久忍耐，不由人不佩服我的意志力向上心，其實，其實不過因為我在試場中有無限勝利感，可以抵償日常生活中專為闊太太找金色廁所瓷磚帶來的折辱。

我交上試卷，鬆一口氣，再考兩次，本學期大功告成。

我收好紙筆，趕往關太太家裏。

工人已去關先生處，不，勞倫斯處取來瓷盆。

關太太看到，感動得眼睛都紅了，握緊雙手，「這正是我所要的，十足十是我所要的，楊小姐，我真感激。」

還有什麼比心想事成更痛快呢。

於是我放心地去幹其他的工作。

傍晚我回家溫習，陶陶帶着母親上來。

她的廣告片已經開拍，領了酬勞，買一隻晚裝髮夾送給我，纍纍墜墜，非常女性化。

母親說好看，我便轉送予她。

夾在她們當中，我永遠是最受委屈的。

母親看我替她錄下的電視長劇，一邊發表意見：「男人，男人都是最最沒有良心的，你瞧，兩個老婆，沒事人一般……」

陶陶說：「外婆，不要太緊張，做戲而已。」

「現實生活還要糟糕！」

我自筆記中抬頭，這倒是真的，她一直沒與父親正式離婚，亦不能正式再婚。

陶陶說：「都是女人不好，沒男人就像活不下去似的。」

我忍不住，「你呢，不見勞倫斯可以嗎？」

陶陶莫名其妙，「什麼？我幾時認識個勞倫斯？什麼地方跑出來一個勞倫斯？」

我漲紅面孔，這些人都沒有中文名字，真該死。

「是喬其奧！」陶陶說：「你怎麼記不住他的名字。」

「還不是一樣。」我說。

「我不放過你。」她說：「媽媽，你怎麼可以忘記他的名字。」

我解嘲地笑。

「後天考什麼？」母親問我。

「會計。」

陶陶吐吐舌頭。

「你那廣告片要拍幾天？」我問。

「兩個星期。」

「要這麼久？」這是意外，我原本以為三天可以拍妥。

「製作很嚴謹的。」陶陶一本正經的說。

「啊。」我作恍然大悟狀。

今日，我整晚得罪陶陶。

她去過沙灘，膀子與雙腿都曬成薔薇色，鼻子與額角紅彤彤，健康明媚，真不能想像，我自己曾經一度，也這麼年輕過。

我拉着她的手臂不放，一下一下的摸着，皮膚光滑結實，涼涼的，觸覺上很舒服。

母親在一邊嘀咕腰骨痛，曾經一度，她也似陶陶這麼年輕。時間同我們開玩笑起來，有什麼話好說。

陶陶低聲說：「外婆老埋怨這樣那樣，其實五十多歲像她，換了我都心足了。」

我白她一眼，「你以為五十歲很老？告訴你，並不如由此地到冥王星去那般遙遠，一晃眼就到了。」

陶陶不敢出聲，陶陶一定在想：連媽媽也老，開始為五十歲鋪路找藉口。

我把筆記有一頁沒一頁的翻着。

陶陶把飯菜捧出來，說着又是這個湯，咦，又是那個菜，鐘點女傭越發不像話了等等，二姐幹嘛休假之類。

一幅天倫樂。

我歎口氣放下簿子，沒有男人的家庭能這麼安樂算是少有的了。

母親關掉電視，悻悻道：「完全不合情理。」

我說：「叫你別去看它。」

「有什麼道理？那女主角忽而亂軋姘頭，忽而抱牢丈夫雙腿不放，有什麼道理，不通。」

我把筷子擺好。

「這個世界越來越粗糙，」母親說：「連碧螺春都買不到。」

陶陶訝異的問：「為什麼不用立頓茶包？頂香。」

我說：「你懂什麼。」

「至少我懂得碧螺春是一種帶毛的茶葉，以前土名叫『嚇煞人香』。」

「咦，」母親問：「你怎麼曉得？」

「兒童樂園說的：採茶女把嫩葉放在懷中，熱氣一薰，茶味蒸出來，聞了便暈，所以嚇煞人。」

我說：「以前你還肯閱讀，現在你看些什麼？」

「前一陣子床頭有一本慈禧傳。」母親說。

「那是五年前的事了。」我瞪着陶陶，「只會得跳舞。」

「跳舞有趣嘛！」陶陶不服氣。

是的，跳舞是有趣，也許不應板着面孔教訓她，我自己何嘗不是跳舞來。

「而且我有看讀者文摘及新聞週刊。」

「是嗎，那兩伊戰爭到底是怎麼一回事？說來聽聽。」

「媽媽怎麼老不放過我！」她急了。

「暑假你同我看熟宋詞一百首，我有獎。」

媽媽冷笑，「之俊你真糊塗了，你以為她十二歲？看熟水滸傳獎洋娃娃，看熟封神榜又獎糖果，她今年畢業了，況且又會賺錢，還稀罕你那雞毛蒜皮？」

我聞言怔住。

一口飯嚼許久也吞不下肚。

陶陶乖巧的笑說：「媽媽還有許多好東西，獎別的也一樣。」

她外婆笑問陶陶：「你又看中什麼？」

「外婆，我看中你那兩隻水晶香水瓶。」

「給你做嫁妝。」

「我十年也不嫁人，要給現在給。」

「那是外婆的紀念品，陶陶，你識相點。」

「你媽今天立意跟你過不去，你當心點。」

陶陶索然無味，「那我出去玩。」

她又要找喬其奧去了。

我問：「為什麼天天要往外跑？」

母親笑，「腳癢，從十七到廿七這一段日子，人的腳會癢，不是她的錯。」

陶陶露着「知我者外婆也」的神色開門走了。

是不是我逼着她往外跑？家裏沒有溫暖，她得不到母親的諒解，因此要急急在異性身上尋找寄託……

我用手掩着面孔，做人女兒難，做人母親也難。

「之後，你又多心想什麼？」母親說：「最近這幾年，我看你精神緊張得不得了。」

「是的，像網球拍子上的牛筋。」

「鬆一鬆吧，或者你應該找一個人。」

我不響。

「你生活這樣枯燥，會得提早更年期。」

我問：「叫我到什麼地方去找？以前看到女同事夜夜出去約會，穿戴整齊去點綴別人的派對，就納罕不已，深覺她們笨，後來才懂得原來她們是出去找對象。但是我做不到。」

「那你現在盡對牢些木匠泥水匠也不是辦法。」

「我無所適從。」

「你才三十多歲，幾時捱得到七老八十？不一定是要潘金蓮才急需異性朋友，這是正常的需要。」

陶陶說得真對，母親真的開通。

我用手撐着頭。

「老是學這個學那個幹什麼？」母親說。

母親說：「你打算讀夜校讀到博士？我最怕心靈空虛的女人藥石亂投什麼都學，本來學習是好的，但是這股歪風越吹越勁，我看了覺得大大的不妥。」

我抬起頭，「然則你叫我晚上做什麼？」

「我也託過你葉伯伯，看有什麼適合的人。」

我說：「媽，這就不必了，益發顯得我似月下貨。」

「所以呀，不結婚不生孩子最好，永遠是冰清玉潔的小姐，永遠有資格從頭再來。」

「我是豁達的，我並沒有非份之想。」

「葉成秋都說他不認識什麼好人，連他自己的兒子都不像話，每年換一個情婦，不肯結婚，就愛玩。」

我說：「我得認命。」

「言之過早，」母親冷笑，「我都沒認命呢，我都五十歲了，還想去做健康運動把小腹收一收呢。」

我把筆記翻來覆去的折騰，紙張都快變霉菜了。

「讀完今年你替我休息吧。」

我不出聲。

「公司生意不好就關了門去旅行，有什麼大不了的事情？壓力不過是你自己擱自己頭上的，打日本鬼子的時候咱們還不是得照樣過日子？」

我一句話都說不出來。

「你父親帶着我走的時候，我也只有十九歲，手抱着你，來到這個南蠻之地，一句話聽不懂，廣東人之兇之倔，嘿，不經歷過你不知道，還不是捱下來，有苦找誰訴去？舉目無親。

「你爹夜夜笙歌，多少金子美鈔也不夠，才兩年就露了底，怎麼辦？分手呀，我不能把你外公的錢也貼下無底洞，這還不算，還天天回來同我吵。

「最慘是你外公去世，我是隔了三個月才知道的，那一回我想我是真受夠了。但天無絕人之路，又與葉成秋重逢。所以你怕什麼？柳暗花明又一村，前面一定有好去處。」

我握緊母親的手，這個世界上，什麼都不重要，我們這三個女人必須互愛互助。

「我回去了。」媽媽說。

「我送你。」我站起來。

「不用，我叫了你葉伯伯來接我。」

我說：「看樣子，葉太太是不行的了。」

母親不響。

我自管自說下去，「也許情況會得急轉直下。」

「如何直下？你以為他會向我求婚？」沒想到母親會問得這麼直。

我囁嚅的低下頭。

「他看上去比時下的小生明星還年輕，要再娶，恐怕連你這樣年紀的人都嫌老，他葉某放個聲氣出來，要什麼樣的填房沒有？到時恐怕連舊情都維繫不住。」

我連忙說：「朋友是不一樣的，葉成秋不是這樣的人。」

「女人最怕男伴從前的朋友，怕你們老提着從前的人，從前的事，非得想辦法來隔絕了你們不可，除非你懂得做人，以她為主，我可做不到，辦不到。」

這話裏有許多感慨，有許多醋意，我不敢多言。

「我送你下樓。」我說。

葉成秋站在車子外。

現在肯等女人下樓來的，也只有葉成秋這樣的男人。

他說：「我初初認識你母親的時候，之後，她就跟你一樣。」

我溫和的說：「其實不是，葉伯伯，那時候母親應與陶陶差不多大。」

「但陶陶還是個孩子。」

「她們這一代特別小樣。」

「會不會是因為你特別成熟？」他笑問。
「不，我不行。」我把手亂搖。
葉成秋說：「之俊，你有很大的自卑感。」
「我不應該有嗎？我有什麼可以自驕？」
葉成秋笑，「總之不應自卑。」
今夜不知怎地，我的眼淚就在眼眶中打滾，稍不當心用力一擠就會掉下來。最受不了有人關注垂詢。
受傷的野獸找個隱蔽處用舌頭舔傷口，過一陣子也就捱過去了，倘有個真心人來慇懃關注，硬是要看你有救沒救，心一酸一軟，若一口真氣提不上來，真的就此息勞歸主也是有的。
他上車載了母親走。
在電梯中，我覺得有一撮灰掉在眼中，還是滾下一串眼淚，炙熱地燙着冰凍的面頰。
真肉麻，太過自愛的人叫人吃不消，女兒已隨時可以嫁人，還有什麼資格縱容自己，為小事落淚。

我溫習至凌晨不寐，天露出魚肚白時淋浴出門吃早餐去。

考完試步出試場，大太陽令我睜不開雙目，睡眠不足的我恍惚要隨吸血伯爵而去。

「之俊！」

我用手遮住額角看出去。看到勞倫斯給我一個大笑容。他坐在一輛豪華跑車裏。

「唉，」他笑着下車，「之俊，原來你是楊之俊。」

我坐上他的車，冷氣使我頭腦清醒，簇新的真皮沙發發出一陣清香。

「是，我是楊之俊。你不是一早就曉得？」

「之俊，我是葉世球呵。」

這名字好熟，他面孔根本就熟。

「唉，我是葉成秋的兒子。」他笑。

輪到我張大嘴，啊，怪不得，原來此花花公子即是彼花花公子。

「之俊，」他好不興奮，「原來我們是世交，所以，有緣份的人怎麼都避不過的，我總有法子見到你。」

我也覺得高興，因對葉成秋實在太好感，愛屋及烏，但凡與他沾上邊的人，都一併喜歡。

怪不得老覺得他面熟，他的一雙眼睛，活潑精神，一如他父親。

「你是怎麼發覺的？」我問。他略為不好意思，「我派人去查你來。」

我白他一眼。就是這樣，連同吃咖啡的普通朋友也要亂查。他大概什麼都知道了。

「我們現在可以做朋友吧？」

「朋友沒有世襲的，葉公子，我同令尊相熟，不一定要同你也熟。」

「咄！我信你才怪，女人都是這樣子。」

「你說你叫什麼名字？」

「葉世球。」

廣東人喜歡把「球」字及「波」字嵌在名字中，取其圓滑之意。正如上海人那時最愛把孩子叫之什麼之什麼，之龍之傑之俊之類。

「世球，我們要到什麼地方去？」

「你現在想做什麼？」

我不加思索：「睡覺。」

他立刻把握這個機會，作一個害羞之狀，「之俊，這……我們認識才數天，這不大好吧，人們會怎麼說呢？」

我先是一呆，隨即笑得眼淚都流出來。

這個人，我開始明白幹嘛他會吸引到女人，不一定是為他的經濟情形。父親不會明白，父親老以為母親同葉伯伯在一起是為他的錢。

「說真的，到什麼地方去？」他問。

「帶我去吃咖啡。」

「我同你去華之傑，那裏頂樓的大班咖啡室比本市任何一家都精彩。」

「我去過，我們換個地方。」

他訝異的說：「爹說你長大後一直與他維持客氣的距離，看來竟是真的了。」

「你與葉伯伯說起我？」

「是，他說你有一個孩子。」

我點點頭。

「她已有十七歲？」葉世球很驚奇，找我求證。

「快十八歲。」

「這麼大？我不相信，之俊，你有幾歲？」

「問起最私隱的事來了。」我微笑。

「不可能？你幾歲生下她？十五？十六？未成年媽媽？」

我仍然微笑，並不覺得他唐突，他聲音中的熱情與焦慮都是真實的，我聽得出來。

「世球，你三個問題便問盡了我一生的故事。」

「可不可以告訴我？」

「不可以。」

「之俊，不要吊我癮。」他懇求。

「這是什麼話！」我生氣。

「我去求我父親說。」

「他也不知道。」

「你真有個孩子十八歲了？」

「真的。」我說。

他搖搖頭噓出一口氣，心不在焉的開着車。

這個花花公子對我發生了莫大的興趣。

「這麼年輕帶着孩子生活，很辛苦是不是？」

我側過面孔，顧左右而言他，我早說過我最怕人同情我。

我說：「關太太開心得很，為這件事我真得謝謝你。」

「之俊，你一個人是怎麼支撐下來的？」

「我做人第一次這麼鬼祟似的，不敢看關太太的眼睛。」

「之俊，你真了不起，父親說你一直自力更生，現在更做起老闆來，聽說你唸夜校也是真的。」

「要是關太太發覺我們一道吃咖啡，你猜她會採取什麼行動？」

「而且他說你的私生活非常拘謹，並沒有男朋友。」

我一直與他牛頭不搭馬嘴：「我是不是已經介入三角關係？」

他拿我沒法。「你母親長得很美，我看過她以前的照片。」

我終於有了共鳴，「是的。」

「跟你一個印子，」葉世球說：「父親給我看她在上海海浴的照片，真沒想到那時已有游泳衣。」

我忍不住笑起來，「那時不知有沒有電燈？」

「她是那麼時髦，現在還一樣？」

「一樣，無論在什麼兵荒馬亂的時刻都維持巔峰狀態，夏季攝氏三十六度的氣溫照穿玻璃絲襪，我怎麼同她比，我日日蓬頭垢面。」

「可是她已是五十多歲的人了。」

「五十一。」

「仍是老年人，不是嗎？」葉世球問。

我說：「她聽到這樣的話可是要生氣的。」

「你們一家真夠傳奇性。」

「是嗎，彼此彼此，這些年來，我們也約略聞說過葉家公子你的事蹟，亦頗為嘖嘖稱奇。」

他笑，「百聞不如一見？」

「葉伯伯真縱容你。」

「不，是我母親。」他臉上閃過一絲憂色，「由她把我寵壞。」

「我們也知道她身體不好。」

「已經拖到極限。」他唏噓的說。他把我帶到郊外的私人會所，真是個談心的好地方。

「你真閒。」我說。

他有點愧意。他父親可由早上八時工作到晚上八點，這是葉伯伯的生趣，他是工作狂。物極必反，卻生有這麼一個兒子。

我看看錶，「下午三時之前我要回到市區。」

「之俊，別掃興。」

「無論怎麼樣，我是不會把身世對你說的。」

「你知道嗎？」他凝視我，「我們幾乎沒成為兄妹，如果你的母親嫁了我父親……」

「你幾歲？」我問。

「三十一。」

「姐弟。」我改正他。

「你倒是不介意把真實年齡公諸世人。」他笑。

「瞞得了多少？你信不信我才二十七？出賣我的不是十八歲的女兒，而是我臉上的風霜。」

「喂，年齡對女人，是不是永恆的秘密？」

我大笑，「你知否關太太的真實年齡呢？」

「不知道，」他搖頭，「我們了解不深。」

但他們在一起也已經有一段日子。他沒有派人去調查她？我突然想像他手下有一組密探，專門替他打聽他未來情婦之私隱：有什麼過去，有什麼暗病，有什麼愛惡，等等。

葉世球是個妙人。

「聽說，沒有人見過你女兒的父親？」他好奇的問。

這難道也是葉伯伯告訴他的？我面孔上終於露出不悅的神情，葉世球到底未到家，他不知道適可而止。

我不去睬他，喝乾咖啡，便嚷要走。

他連連道歉，「之俊，我平時不是這樣的，平時我對女人並沒有太大好奇心。」

喲，還另眼相看呢。

「請送我到太古城，我在那裏有個工程。」

「好。」

一路上我閉起雙眼，他也沒有再說話。

汽車無線電在悠揚地播放情歌。葉世球這輛車好比人家住宅的客廳：有電話有音響設備，設一具小小電視機，空氣調節，酒吧，要什麼有什麼，花樣百出，令人眼花繚亂的。

到了目的地，他問我要逗留多久，要叫司機來接我走，我出盡百寶推辭。

到真的要走的時候，熱浪襲人，我又有一絲懊悔，但畢竟自己叫了車回家。

陶陶在家抱住電話用，見我回家才放下話筒。她有本事說上幾個鐘頭，電話筒沒有受熱融化是個奇蹟。

我脫了衣裳，叫她替我搥打背脊。

小時候十塊錢給她可以享受半小時，她一直搥一直問：夠鐘數沒有，夠鐘數沒有？第一次嚐到賺錢艱難的滋味。

我被她按摩得舒服，居然想睡。

模模糊糊的聽見她說：「媽，我拍電影可好？」

我如見鬼般睜大眼，「什麼？」

「有導演請我拍戲。」

你看，我早知道放了陶陶出去，麻煩事便接踵而來。

我深深吸口氣，「當然不可，你還得升學。」

她坦白的說：「就算留學，我也不見得會有什麼成就，也不過胡亂地找個科目混三年算數。學費與住宿都貴，怕要萬多元一個月，白白浪費時間，回來都廿多歲了。」

我盡量以客觀的姿態說：「拍戲也不一定紅，機會只來一次，萬一手滑抓不住就完。」

「我想試一試。」

我欲言還休，我又不認識電影界的人，反對也沒有具體的理由，即使找到銀壇前輩，問他們的意見，也是很含糊的，不外是說「每一行都良莠不齊，總是靠自己努力」等等，根本可以不理。

「陶陶，我知道你會怎麼說，你會覺得無論你提什麼出來，我都反對。」

她不出聲。

「陶陶——」

「這是千載難逢的機會，媽媽，打鐵不趁熱的話，機會一失去，就沒有了。」

「你想做一顆萬人矚目的明星？」我問：「你不想過平凡而幸福的日子？」

「平凡的人也不一定幸福，每天帶孩子買菜有什麼好？」她笑。

我不說話。

「那是一個很好的角色，我就是演我自己：一個上海女孩子，跟着父母在五十年代來到香港……是個群戲，我可以見到許多明星，就算是當暑期工，也是值得的。」

我說：「這個虎背，騎了上去，很難下來。」

「我是初生之犢，不畏老虎。」

我不知說些什麼才好，再反對下去，勢必要反臉。

我沉吟：「問你外婆吧。」

陶陶臉上露出勝利的微笑，外婆是一定幫她的，她知道，我益發覺得勢孤力薄。

「媽媽，」陶陶靠過來，「我永遠愛你，你放心。」

她一定是看中年婦女心理學之類的書籍太多，以為我佔有欲強，怕失去她，所以才不給她自由。

實在我是為她好。

「陶陶，在我們家，你已經有很多自由，實不應得寸進尺。」我鬱鬱不樂。

「我知道，」她說：「不過我的女同學也全知道嬰兒不是自肚臍眼出來的。」

她在諷刺我，我不語，閉上雙目。

她說下去，「你應有自己的生活，分散對我的注意力。」

我忍氣吞聲，不肯與她起紛爭。

我怎麼好責備她？譬如講，我想說：我不想你變為野孩子。她可以反駁：我根本是個野孩子。

眼淚在眼角飛濺出來。

陶陶立刻沉默。

我用手指拭乾淚水，沒事人似的問：「誰是導演？」

「飛龍公司，許宗華導演，一簽約就給我劇本，你可以看。」

「暑假讓你拍戲，十月你去不去美國唸大學？」

「為什麼一定要我讀大學？」

「因為每一個淑女都得有一紙文憑。」

「媽媽，那是因為你有自卑感，你把學歷看得太重要，你畸形地好學，不過想證明你與眾不同，我並不認為每個人都要上大學，正等於我不認為每個人都要結婚一樣。」

「陶陶，」我壓抑着，手都顫抖，「你存心同我吵嘴？」

「不，媽媽，不。」她過來擁抱我。

我靠緊她的面孔，有彈力而滑嫩的面頰如一隻絲質的小枕頭，我略略有點安全感。

「如果外婆答應，你去吧。」我有點心灰意冷。

「我要你答應我。」

「加州大學回音來的話，說你會去。」

「好吧，我去。」她勉強得要死。

「都是為你好，陶陶。」

「我相信是的，媽媽，但是你我的價值觀大不相同。我相信沒有人會因為我沒有文憑而看不起我，即使有人看不起我，我也不在乎。」

她年輕，當然嘴硬，十年後自信心一去，就會後悔，人有時不得不向社會制度屈服，因為人是群居動物，但是此刻我無法說服她。

「我知道你在想什麼，媽媽，你要我做淑女、唸文憑，藉此嫁一戶好人家，那麼你安心了，覺得你已盡了母親的責任。」

我呆呆看着她。

「你怕我去冒險，你怕有不良結果，你怕社會怪你，你怕我怪你，是不是？」

「是。」我說：「你猜得一點也不錯。」

「不會這樣的，媽媽，你應該對我有信心，對自己有信心，你不是壞女人，怎麼會生一個壞女兒？媽媽，給我自由，我不會令你失望。」

「陶陶，我的頭髮為你而白。」

「媽媽，」她溫和的說：「沒有我，你的頭髮也是要白的。」

「從什麼地方，你學得如此伶牙俐嘴。」

「從你那裏，從外婆那裏。」她笑。

她長大了，她日趨成熟，她的主觀強，我不得不屈服。

我唏噓，陶陶眼看要脫韁而去，我心酸而無奈。

人總怕轉變，面對她的成長，我手足無措。

「我去與外婆聊天。」

「她不在家，她與朋友逛街。」

「你應該學外婆出去交際。」

「陶陶，既然你不讓我管你，你也別管我好不好？」

她陪笑。

我愛她，不捨得她，要抓住她。

「那麼我叫一姐做綠豆湯我吃。」她還是要開溜。

我叫住她，「那合同，千萬給我過目。」

「一定，媽媽。」

拍電影。我的天。

我只有葉成秋這個師傅、導師、益友、靠山。

坐在他面前，紅着眼睛，我有說不出的苦，不知從什麼地方開始。人家雄才偉略，日理萬機，我卻為着芝蔴綠豆的私事來煩他，我自覺不能更卑微更猥瑣。

但是我不得不來。

他說：「我什麼都知道了。」

我抬起頭，在地球上我所仰慕的人，也不過只有他。

他笑，「你到底還年青，經驗不足，何必為這樣的小事弄得面黃黃，眼睛都腫。你母親都告訴我了，她贊成，我也不反對。」

葉成秋說：「你就隨陶陶過一個彩色暑假，有何不可？」

我低下頭。

「我知道你怕，你自己出過一次軌，飽受折磨，於是終身戰戰兢兢，安份守己，不敢越出雷池半步。你怕她蹈你的覆轍。」

那正是我終身黑暗的恐懼。

「有時候我們不得不豁達一點。之後，孩子們盯得再牢也會出毛病，你不能叫她聽話如隻小動物，照足你意旨去做，有時候你也會錯。」

我用手絹遮住了雙眼。

「可憐的之俊，我還是第一次看見你哭，怎麼，後悔生下陶陶？」

我搖頭，「不。十八年前不，十八年後也不。」

「那麼就聽其自然，給她足夠的引導，然後由她自主，你看我，我多麼放縱世球。」

我揩乾眼淚，此刻眼泡應更腫，面孔應當更黃。

「放心，我看好陶陶，有什麼事，包在我身上。」

我只得點頭。

他忽然溫柔的問：「你見到世球了？」
我又點頭。
「你看我這個兒子，離譜也離得到家了。」然而他仍然臉帶微笑，無限溺愛。「他不是好人啊，你要當心他。」
我有點不好意思。
我站起來，「我知道你要開會。」
他問：「你現在舒服點沒有？」
「好多了。」
「改天我們一起吃飯。」他說：「我會安排。」
我告辭。
這樣子萎靡也還得工作，跑到這裏跑到那裏，新房子都沒有空氣調節設備，我與工匠齊齊揮汗，白襯衫前後都濕個透，頭髮上一蓬蓬的熱氣散出來，連自己都聞得到，又着條腰，央求他們趕一趕，只得穿牛仔褲，否則無論在什麼地方鈎一記，腿上就是一條血痕，雖不會致命，但疤痕纍纍，有什麼好看。

漸漸就變成粗胚，學會他們那套說話，他們那套做法。

碰巧有人叫了牛奶紅茶來，我先搶一杯喝掉提神，他們看牢我就嘻嘻笑。遇事交不了貨，罵他們，也不怕，至多是給我同情分：別真把楊小姐逼哭了，幫幫她吧。

好幾次實在沒法子，葉成秋替我找來建築師，真是一物治一物，三行工頭就是服劃則師，總算順順利利的過關。

最近根本沒有大工程，自己應付着做，綽綽有餘。

我坐在長木條櫈子上，用報紙當扇子，有一下沒一下的往身上搧，整個人如在膠水裏撈出來似的發黏，想想世事真是奇妙，如此濫竽充數，只不過唸過一年校外設計課程，便幹了這些年，忽然佩服起自己來。

我坐一會兒便回寫字樓。

那小小的地方堆滿了花，也沒有人替我插好它們，有些在盆子裏已經枯萎一半，叫人好肉痛。

自然是葉世球的傑作。

他為着浪漫一下，便選我作對象，卻不知我已狼狽得不能起飛，根本沒有心情配合他的姿勢。

我把花全撥在一旁，做我的文書工作，直至一天完畢。

振作起來，之俊，我同自己說：說不定這一個黃昏，在街角，就可以碰到我的救星，他會問我：你喜歡勃拉姆斯嗎？

生活是這麼沉悶，如果我還跳得動舞，我也會學陶陶般天天去的士可報到。

也許是好事，也許有了工作，可免除她在的士可沉淪。

套一句陳腔濫調：我拖着疲乏的身體回家。

明天的事有明天來當，今天且回去早早尋樂。

家就是天堂，我買了一公斤荔枝回去當飯吃。

這是我發明的：荔枝與庇利埃礦泉水同吃，味道跟香檳一樣。

沙發上有一本東洋漫畫，是叮噹的故事，是陶陶早兩年在日本百貨公司買的（那時她還是個小女孩，不知怎地，七百多個日子一過，她變成少女）。

陶陶並不懂日文，但光是看圖畫也是好的，看到叮噹及查米撲來撲去不知忙什麼，她急得不得了，到處找人翻譯。

葉成秋答應她將書拿到翻譯社去，是我制止的。

葉伯伯當時大惑不解的問：「查米？還有油鹽？到底是什麼東西？」

陶陶最喜歡查米這個角色，巴不得將他擁在懷中，這是隻一半像兔子一半像貓的動物，來自外太空，造型可愛，性格熱情衝動，陶陶時時看圖識字式地逼我陪她看……

這本書還未過時，她已經決定去做電影明星。

我都不知說什麼才好。

我對書中的查米惆悵地說：「你愛人不要你了。」

我們始終不知道故事說些什麼太空陳年舊事。

陶陶房間中一地的鞋子，開頭是各色球鞋，接着是涼鞋，後來是高跟鞋。

她從來不借穿我的鞋子，因為我只穿一個式樣的平跟鞋，她卻喜歡細跟的尖頭鞋，那種鞋子，我在十八歲的時候也穿過，那時候我們配裙子，她們現在襯窄腳牛仔褲，顏色鮮艷，熱辣辣的深粉紅、檸檬黃、翠綠，也不穿襪子，完全是野性的熱帶風情。

我母親說的，穿高跟鞋不穿絲襪，女人的身份就曖昧了。雙腿白皙，足蹬風騷的露趾拖鞋，便是個夜生活女郎。雙腿有太陽棕，皮子光滑，鞋子高得不得了，那一定是最愛高攀洋人的女人。

女兒說過什麼，母親又說過什麼。

有沒有人理會我說過什麼？

我常常吃她們兩個人的醋，不是沒有理由的。

我把漫畫冊子放好，看電視新聞，世界各個角落都有慘案發生：戰爭、龍捲風、地震、瘟疫，大概我還是幸福的一個人。

其實我非常留戀這種亂糟糟的生活，一下子女兒那頭擺不平，又一會兒父親有事，母親身子不爽利……讓我撲來撲去，完全忘記自己的存在。

為他人而活是很愉快的事，又能抱怨訴苦。

等陶陶往外國留學，我的「樂趣」就已經少卻一半，難怪不予她自由。

才靜了一會兒，關太太的電話來了。

她的聲音是慘痛的、沙啞的：「楊小姐，你來一次好不好？」
我有點作賊心虛，略略忐忑，「有什麼要緊事？我一時走不開。」
「楊小姐，」她沉痛的說：「我也知道，叫你這樣子走來走去是不應該的，但這些日子來，我們也算是朋友，算我以友人的身份邀請你來好不好？」
我還是猶疑，我不想知道她太多的私事。
「就現在說可以嗎？」
「也可以，」她吐出長長一口氣，可見其積鬱，「我與關先生分手了。」
這是意料中事，葉世球已經告訴我。
我維持沉默。
「你知道他是怎麼通知我的？」「關」太太逼出幾聲冷笑，「他叫女秘書打電話來，那女孩子同我說：『是孫小姐嗎？我老闆叫我同你說，你有張支票在我這裏，請你有空來拿，老闆說他以後都沒有空來看你了。』你聽聽，這是什麼話？」
葉世球真荒謬。

「關太太，」我說：「我此刻有朋友在家裏，或許我稍遲再與你通電話？」

她不理我，繼續說下去，她只想有個傾訴的機會，是什麼人她根本不理，「那我問女秘書：他人呢？她答：『老闆已於上午到歐洲開會去了。』我才不信，去得那麼快？這樣說撇就撇，三年的交情……」

「關太太，我過一會兒再同你聯絡好不好？」

「楊小姐，我知道你忙，我想同你說，不必再替我裝修地方了，用不着了。」

「啊。」人家停她的生意，她立刻來停我的生意。

她苦澀的說：「沒多餘的錢了。」

我連忙說：「關太太，那總得完工，別談錢的問題好不好？」

「楊小姐——」她感動得哽咽。

「我明天來看工程。」

「好，明天見。」

我放下電話，鬆一口氣，這才發覺腋下全濕透了。

我發了一會子呆。

雖說葉世球薄幸，但是孫靈芝也總得有個心理準備，出來做生意的女人，不能希冀男朋友會得跟她過一輩子。

不過女人到底是女人，日子久了就任由感情氾濫萌芽，至今日造成傷心的局面。

女人都癡心妄想，總會坐大，無論開頭是一夜之歡，或是同居，或是逢場作興，到最後老是希望進一步成為白頭偕老，很少有真正瀟灑的女人，她們總企圖在男人身上刮下一些什麼。

母親勸我不要夾在人家當中。

要走，也得在人家清楚分手之後。

我覺得很曖昧，她這樣勸我，分明是能醫者不自醫，不過我與她情況不同。

我與葉世球沒有感情，而她與葉伯伯卻是初戀情人。

「自然，」我說：「何況他是個那麼絕情的人，令人心驚肉跳。」

「這件事呢，有兩個看法，他對野花野草那麼爽辣，反而不傷家庭和氣。」

我沉默的說：「這都與我無關。」

母親手上拿着本簿子。

我隨口問：「那是什麼？」

「陶陶拿來的劇本。」

「什麼時候拿來的？」我一呆，她先斬後奏，戲早就接了，才通知我。

「昨天。」

果然如此，也無可奈何，只得皺眉。「有沒有脱衣服的戲？」

「沒有，你放心，要有名氣才有資格脱。」媽媽笑。

「唉，一脱不就有名氣了？」我蹬足。

「這是個正經的戲，她才演女配角的女兒，不過三句對白。」媽媽說。

「是嗎，真的才那麼一點點的戲？」我說。

「真的，一星期就拍完，你以為她要做下一屆影后？」

「但是，現在年輕女孩子都攤開來做呢，什麼都肯。」

「那你急也不管用。」母親放下本子。

只見劇本上面有幾句對白被紅筆劃着。

「是什麼故事？」

「發生在上海的故事，」母親很困惑，「為什麼都以上海作背景？陶陶來問我，那時候我們住什麼地方。」

我說：「慕爾鳴路二〇〇弄三號。」

「她便問：為什麼不是慕爾名？慕爾名多好聽，又忙着問你是在家生的還是在醫院生的。說是導演差她來問。」

我連忙警惕起來，「媽，別對外人說太多。」

母親解嘲的說：「要說，倒是一個現成的戲。」

「要不要去客串一個老旦？」我笑。

「少發神經。」

「反正一家現成的上海女人，飾什麼角色都可以。」我笑。

「陶陶並不是上海人。」母親提醒我。

我若無其事答：「從你那裏，她不知學會多少上海世故，這上頭大抵比我知得更多。」

她不響。

「葉伯伯最近做什麼?」

「他夠運，三年前最後的一批房產以高價脫手。」

「他眼光準。」

「準?所以才沒有娶我。」母親嘲笑。

「兩宗不相干的事，偏要拉扯在一塊兒說，」我笑，「你不肯嫁他，難道他就得做和尚不成?」

「娶姓梁的廣東女人眼光才準呢。」母親說：「現成的家當沒人承繼，成全了他，命當如此。」

葉成秋當年南下，非常的狼狽，在一爿小型塑膠廠做工，老闆包食宿，看他一表人才，一直提拔他，還把獨生女兒嫁給他。

葉成秋就是這樣起的家，父親知道他底子，一直瞧不起他。

「是他有本事，」我說：「葉伯伯那樣的人，無論做哪一行，都有本事崛起。」

母親笑，「那麼看好他？」

「他處事做人都有一套，怎麼會長久屈居人下。這是一個有才必遇的社會。」

母親點頭，「這倒是不錯，像咱家陶陶，一出去亮相，立刻獲得機會。」

我反手搥着腰。

「怎麼，腰位痠痛？」

「一累便這樣，要不要看醫生？」

「過了三十是差些，自然現象。」她微笑。

母親並不同情我，她同情的是陶陶。

我同情關太太。

她沒有上妝，倒並不如想像中那麼面目全非，只是整個人無精打采，面孔黃胖，平日的冶艷影子都沒留下。

換句話說，毫無新鮮之處，但凡失戀的女人，都這個模式。

她開門見山：「楊小姐，我很感激你，你很有義氣，但這個房子我要賣，我看還是停工好些。」

我點點頭。

「我要到新加坡去一趟，那裏有我的親戚，之後我再同你聯絡吧。」

忽然之間我對她這裏也產生依依不捨之情，好幾年了，她拆了牆之後就改櫃，換完玻璃磚就剝牆紙，永無寧日，現在抗戰完畢，我失業了。

「有沒有找到關先生？」我的聲音低不可聞。

「找他？我沒癡心到這種地步，」她先是賭氣，忽然忍不住哭，「難道還抱住他腿哀求？」

我說了句公道話：「你仍然漂亮。」

「終有一日，我會年老色衰，」她哭道：「那一日不會太遠了。」

這是她的事業危機。

我站起來，「我們再聯絡。」

「謝謝你，楊小姐。」

「我什麼都沒做，你不必謝我。」我說。

「欠你的數目，我算一算寄給你。」關太太道。

「那我要謝你。」

離開關宅，我匆匆過馬路，有輛車使勁對牢我按喇叭。

我沒好氣，轉頭看，大吃一驚，又是葉世球。

「你斗膽，」我說：「你竟敢把車子開到這裏來，你不是到歐洲去了？」

他嘻嘻笑，「你怕？」

「我真怕，失戀的女人破壞力奇強，我怕被淋鏹水。」

「不會的，她收到支票就氣平。」

我衝口而出：「你以為有幾個臭錢就可以橫行不法？」

葉世球一怔，像是不相信人的嘴巴可以說出這麼老土的話來，隨即瘋狂大笑，一邊用手指着我。

我十分悲哀。

我哪裏還有救？我怎麼還可以存這種思想？

我拉開車門坐上去，「閉嘴，開車吧。」
「之俊之俊，我勞倫斯葉真服了你，唉，笑得我流淚，」他揩揩眼角，「你這個可愛蛋。」
我木着臉坐着。
「今天晚上我有一個舞會，我邀請你做我的女伴。」
「跟你在一起亮過相，點過名，我這一生就完了，」我說：「雖然我此刻也無甚前途，但到底我是清白的。」
他含笑轉頭問：「你還會背多少粵語片對白？」
「請轉頭，我到家了。」
「你回去也不外是坐在小客廳中胡思亂想。」
「你管不着。」
「怕人多的話，不如兩個人去吃飯，我帶你去吃最好的生蠔。」
「你有那麼多的時間，就該陪陪令堂大人。」
這一下子葉世球沉默了。

「她最近可好？」

「遺囑早已立下，醫生說過不了秋天。」

「真應該多陪她。」

「淋巴腺癌是最能拖的一種癌，五年了。」葉世球說。

久病無孝子，但我仍然固執，「應把母親放在第一位。」

他興趣索然，「好，我送你回家。」

「葉世球，我們之間是不會有進一步的發展的。」

他側側頭，「不會嗎？你走着瞧。」

嘩，真刺激，像古代良家婦女遇上花花太歲：終久叫你跳不出我的手心。

我既好氣又好笑，「當心我告訴葉伯伯。」

「他才不管這些。」葉世球笑。

「他可擔心你母親的病？」我禁不住問道。

「家父是一個很重情義的人。」

「這我當然知道。」

「他不可能更擔心，所以母親說，為了一家子，她希望早日了此殘生。」

我惻然，喉頭像塞着一把沙子，只得乾咳數聲。

「病人半個月注射一次，你不會見過那種針，直情像攪笑片中的道具，針筒粗如手臂，針頭似織針，有人打了一次，受不了苦楚，半夜上吊自殺。」

我看他一眼，心中產生很大的恐懼。

「母親以前長得很秀氣，個子是小一點，但很不顯老，現在皮色如焦灰，頭髮一直掉，身子浮腫……之後，你別以為我不在意，盡掛住吃喝玩樂，我也有靈魂，我也有悲哀，可是難道我能站到太平山頂去對牢全市發出痛苦的呼聲嗎？」

我勉強的笑，「聽聽誰在說話劇對白。」

他也很沉重，「之後，都是你，勾起我心事，此刻即使是世界小姐站在我面前也不會動心了。」

「我們改天見吧。」我覺得抱歉。

他待我下車，把車靈活的開走。

陶陶在家等我。

陶陶說：「媽媽，有電報。」

我接過，才要拆開，忽然浴間的門被推開，這個喬治奧自裏面出來。

小小客廳的空氣頓時僵硬，我面孔即時沉下。

這人，彷彿沒有家似，就愛在女朋友處泡。

我問他：「是你介紹陶陶去拍電影的嗎？」

他很乖覺，坐下陪笑說：「不是我，是導演看到陶陶拍的廣告後設法找到她的。」

「廣告上演了嗎？」

陶陶笑，「你瞧我母親多關心我！」

「有沒有錄影帶？給我看看。」

陶陶立刻取出，放映給我看。是那種典型的汽水廣告，紅紅綠綠一大堆年輕男女，十三點兮兮地搖搖頭擺擺腿，捧牢汽水吸，一首節奏明快的曲子嘰哩叭啦的唱完，剛剛三十秒鐘交差。

看到第三次我才發覺那個濃妝的、頭上縛滿蝴蝶結的、穿着泳衣的女孩子便是陶陶。
那個導演的眼光可真尖銳。
「陶陶手上本來還有一個餅乾廣告及一個宣傳片，不過為了新戲，全部推掉了。」喬其奧得意的說。
「你是她的經理人嗎？」我冷冷問。
陶陶關掉電視機。「媽媽，」她有意改變話題，「電報說些什麼？」
我才記起，誰會打電報來？心中納罕。
拆開讀，上面寫着：「之俊，九牛二虎之力方探到你的消息，我於下月返來，盼撥冗見面，請速與我聯絡為要。英念智。」
我一看到那「英」字，已如晴天霹靂，一顆心劇跳起來，直像要衝出喉頭，頭上轟的一聲，不由自主地跌到沙發裏。
「媽媽，」陶陶過來扶我，「什麼事，電報說什麼？」
我撐着頭，急急把亂緒按下，「中暑了，熱得發昏，陶陶，給我一杯茶。」
陶陶連忙進廚房去倒茶，只剩下我與喬其奧對坐。

喬其奧輕聲問我：「壞消息？」

我若無其事說：「老朋友要來看我，你瞧瞧，塵滿面，鬢如霜，還能見人嗎？」我要是叫他看出端倪來，這三十多年真是白活了。

「你還是漂亮的。」他安慰我。

陶陶出來說：「這杯茶溫度剛剛好。」

我骨骨的喝盡，定定神，「你們不過是暫來歇腳的，還不出去玩？」

陶陶巴不得有這一句話，馬上拉起喬其奧出去。

待他們出了門，我方重新取出那封電報，撕成一千片一萬片。

怎麼會給他找到地址的！

這十多年來，我幾乎斷絕一切朋友，為只為怕有這一天。

結果他還是找上門來。

我要搬家，即時要找房子，事不宜遲。

不行。我能夠為他搬多少次？沒有那種精力，亦沒有那麼多餘錢。

電話鈴響，我整個人跳起來，瞪着它，良久才敢去聽。

「之後？我是葉伯伯。今天下午我有空，要不要出來談談？」
「要，要！」我緊緊抓住話筒，滿手冷汗。
「這麼踴躍？真使我恢復自信。」他取笑我。
我尷尬的笑。
「我來接你。」
「十五分鐘後在樓下等。」
太陽是那麼毒烈，一下子就曬得人大汗淋漓，我很恍惚的站在熱頭底下，眼前金星亂舞，熱得沒有真實感。
我試圖搜索自己的元神，他躲在什麼地方？也許在左腹下一個角落，一個十公分高的小人兒，我真實的自身，正躲在那裏哭泣，但這悲哀不會在我臭皮囊上露出來。
「之後，之後。你怎麼不站在陰頭裏？」
「葉伯伯。」我如見到救星。
「你看你一頭汗。」他遞上手帕。

這時候才發覺頭髮全濕，貼在脖子上額角上。

我上了車，緊緊閉上眼睛。

「每次你把頭放在座墊上，都似如釋重負。」

「人生的擔子實在太重。」

「之後，順其自然。」

我呆呆的咀嚼這句金石良言。

「但是之後，我自己也做不到。」

我張開眼睛看他，他長方臉上全是悲痛。

「之後，我的妻子快要死了。」

我不知如何安慰他。

「她是個好女人好妻子，我負她良多。」

「你亦是個好丈夫，一切以她為重。」

他長長太息一聲，不予置評。

半晌他問：「你公司生意如何？」

「沒有生意。」
「有沒有興趣裝修酒店？」
「多少房間？」
「一百二十間。」
「在什麼地方？」
「江蘇。」
「不行，我不能離開陶陶那麼久。」
「陶陶並不需要你。」
這是事實。
「你可以趁機會去看童年的故居。」
我微笑，「慕爾鳴路早已改為茂名北路。」
「是的，那是一進兩上兩下的洋房，我哪一日放學不在門外的梧桐樹下等你母親，車夫把車子開出來了，我便縮在樹後躲一躲，那時葛府女眷坐私人三輪車，你外婆明明見到我，總不打招呼，她眼裏沒有我。」

這是葉伯伯終身的遺憾。

「你到底有沒有進過屋裏？」

「沒有，從來沒有，」他渴望的問我：「你記不記得屋裏的裝修如何？」

「我怎麼記得？我才出世。」

他頹然，「我願意付出很大的代價，只要能夠坐到那間屋子吃一杯茶。」

「我可以肯定那一間屋子還在。」

「我去打聽過，已經拆掉了。」葉伯伯說。

「不要太執着。」我微笑。

「據你母親說，屋子裏有鋼琴，客廳近露台上掛着鳥籠，養隻黃鶯，天天餵牠吃蛋黃……之俊我不住做夢，多次成為該宅的上賓，我太癡心妄想。」

「屋主人早已敗落，還記着幹什麼？」

「葛宅的電話是三九五二七。」

我的天，他到今日還記着。

「你母親結婚那日，正是英女皇伊利莎伯二世加冕同一天，我永誌不忘，那是五三年六月二日。」

「電話你打過許多次？」

「沒有，一次都沒有。」

「為什麼？」

「不敢。而且那時候電話是非常稀罕的東西。」

「於是你就靠躲在樹後等？」我笑了，「下雨怎麼辦？」

「張大嘴巴吃雨水解渴。」

「如果那時葛小姐決定跟你私奔，你們會不會有幸福？」

「決不。」

「可是葉伯伯你這麼本事。」我不相信。

「她熬不過我的奮鬥期就餓壞了。」

「你不要看小她。」

「是我不捨得叫她出來吃苦。」

「後來她豈不是更苦。」

「誰會料到時局有變。」他聲音漸漸低下去。

我問：「江蘇那酒店誰負責？」

「還有誰？」他微笑。

「葉世球？」

「聰明極了。」葉伯伯微笑。

「是他我就不能去。」我堅決的說。

「你這傻孩子，這麼好的機會錯過就沒了，難道你一輩子為闊太太換洗臉盆？」

「我要想一想。」

「去散散心也是好的，換個工作環境。」

「那不是一項輕鬆的工作。」我說。

「自然不是，世球會指點你。」

「他到底是幹什麼的？」我說。

「你不知道？他沒同你說？他是麥基爾畢業的建築師，你以為他是什麼？」

葉成秋說。

總之我小覷了他。

三日後葉世球叫我到華之傑。

他在開會時另有一副面孔，嚴肅得多，與平時的嬉皮笑臉有很大的出入，會議室中一共有七位專業人士，連同秘書共十五人，我排十六。

世球還替我聘請了兩位助手，我們這十餘人，包括世球本人在內，全部是華之傑的僱員。葉伯伯存心要照顧我，所以才有資格濫竽充數。

會議散了之後世球留住我。

「你來看看這座酒店的草圖。」

他叫秘書把圖則捧過來。

「這個長蛇陣擺得不錯吧。全部兩層樓建築，依山分兩級下來，對牢一個天然湖泊。這是父親與上頭第一次合作，只許成功，不許失敗。」

我看他一眼，他故意給我壓力，好讓我向他臣服。

我看牢圖則不出聲。

「做酒店的內部設計可不同別的房子呵，草圖一出來你就得開工。這套圖是你的，你同助手即時開工。三間餐廳、一個咖啡室，一所啤酒館，這裏是健體中心，隔壁是泳池，上下兩層大堂，五十個單人房，七十間雙人房，十間貴寶廳，全交給你了。」

他笑吟吟地，像是要看我這件黃馬褂穿不穿得下。

我氣：「華之傑大廈也是我設計的。」

「難怪呢，那時我向父親拿這個工程都拿不到。」

「幾時交貨？」我問。

「透視圖在一個月內起貨。」

「時間上太尅扣了，恐怕沒有一覺好睡。」

「嗄，你還打算睡覺呀？我過幾天就要與園林建築師去看看怎麼利用那個天然湖，你不同我趕？」

我坦白說：「我沒想到你也會工作。」

「之俊，我知道你看不起我。」葉世球並不生氣。

他身邊女人太多，我不敢相信他有時間做其他的事。

「我的時間利用得好。」他振振有詞。

從那日開始，我真正忙起來。

我助手的資歷足可以充我師傅，兩位都是女士，才華過人。事實上華之傑酒店一行十六人，女性佔大半數。酒店管理一組亦是全女班，不但工作能力強，打扮也妖嬈，每次開會，如入眾香國，鶯鶯燕燕，不同味道的香水撲鼻而來，英語法文普通話齊飛，我冷眼看去，只覺葉世球其樂無邊。

他有他的好處，永遠談笑用兵，遊戲人間，他的設計並無過人之處，也許一輩子不會成為第二個貝聿銘或亞瑟艾歷遜，但是你別管，他有他的實用價值，非常實惠理智。

我還是老樣子，永恆地紮着頭髮，襯衫長褲平跟鞋，永無機會成為美女的強敵，我是友誼小姐的人才。

最神秘的是我們的結構工程師，約四十上下年紀，穿香妮爾套裝，十指尖尖，愛搽紫玫瑰色，頭髮天天做得無懈可擊，說話上氣不接下氣。我做老闆，就不敢用她。

世球說她才能幹呢，與當地工頭爭論最有一手。與上面合作，最痛苦的是她那個位置，因為兩地建築手法完全不同，工程進展上速度之別以光年計，一切靠她指揮爭取。

我對她很尊敬，真是人人都有優點，我呢，我有些什麼好處，想半天也不得要領。

根本不明白世球為何要對我另眼相看。

他百忙中還偷偷問我：「你幾時再把頭髮放下來？幾時我們再跳舞？」

他懷中恐怕藏着一個錄音機，只有一條聲帶，碰見每個女人都放一次。

在這個期間，陶陶在拍電影，母親任她監護人。

我忙得忘了熄燈沒換衣裳就可以睡得着。

壓力很大，半夜會得自床上坐起來，大聲說：「不，我沒有超出預算，我知道預算很重要。」小船不可重載。

人家都是真材實料，獨我沒有。

陶陶演的那個角色很可愛，是個小女學生，梳兩角辮子，陰丹士林旗袍，她愛上了那個打扮，在家也作戲裝。

她外婆左右打量她，忽然取出一張照片給我看。

我一看便笑着說，「做戲照的也到了家了，怎麼把相紙焙得黃黃的。」

「這是我十七歲時的照片。」母親說。

嗄，跟陶陶可以說是一模一樣，怎麼看都看不出任何差別來。可怕的遺傳。

這張相片陶陶爭着要，「給我給我，我拿去給導演看。」

我也不肯放，「葉伯伯見過沒有？」

結果拿去翻底，每人珍藏一張。

葉成秋見了說：「咦，這不是陶陶嗎？」

「不是，這是葛芬。」

「我不相信，」他笑，「怎麼會像學生兒？」

「你應該記得。」我有責怪的意味。

他側着頭，「不，你母親像你，不像陶陶。」

有時候一個人的記憶會愚弄人。他把照片還我，「幾時上去開會？」

「我很緊張，功夫倒是做得七七八八了。」

「材料一概運進去，記住，工人在內地僱用，監起工來不是玩笑的，草圖會議之後，初步正式圖則就得出來，你要緊緊貼住世球，他是靈魂，有他幫你，沒有失敗之理。」

我頻頻點頭。

「別低估裏頭專業人士的能力，他們拿問題向你開火，答得慢些都會出漏子，要取得他們的信心。」

其實我最怕突破、向前、創新。每天都是逼上梁山，前無退路，後有追兵。活生生逼出來的，心中有説不出的滄桑。

「之後，你自小沒有父親照顧，不要緊，我就是你的父親，你要什麼，便對我説，我包管叫你心滿意足。」

「我很心足，我已經夠了。」

葉伯伯笑，「我從來沒聽人説夠，你真傻。」

我只得傻笑。

世球這次為我真盡了力，幾乎把着我的手臂來做，連開會時可能發生的問題都一一與我練習。

我為這單工程瘦很多，他卻依然故我，到這個時候，我對他的態度也有明顯的改變。原來各人辦事的姿態不一樣，像我這種披頭散髮，握緊拳頭，撲來撲去灑狗血之輩只好算第九流，只有力不從心才會如此，人家經驗老到，簡直如吃豆腐，不費吹灰之力，就把事情辦得妥妥帖帖。

「後天要出發，」世球說：「住三天，此行不比逛巴黎，你要有心理準備。」

別的女同事不知會帶些什麼行李，我光是公事上的圖樣用具便一大箱。

那日回到家，鬆口氣，醜婦終於要見公婆，好歹替葉伯伯爭口氣，賣酒店房間要靠裝修（食物科要生氣了），非得替他爭取百分之九十出售率不可。

我脫下外套，看到茶几上放着封電報。

我心沉下來。

我拆開來。

「之俊，見文速覆，一切從詳計議。英念智。美利堅合眾國加利福尼亞州九三七二六弗利斯諾城西阿拉道四三二二號第五座公寓。」

我一下子撕掉電報，撕得碎得像末滓。

我北上開會時，決不能叫陶陶在這裏住。

「陶陶，陶陶。」我推開房門。

她還沒有回來。

我撥電話到母親那裏。

「陶陶在嗎？」我問。

「之俊，我也正找你。你父親病了。」

我不以為意。

可以想像得到，父親他老人家披着那件團花織錦外套，頭髮梳得油光水滑，靠在床上咳嗽兩聲，要求吃川貝燉生梨的樣子。

「有沒有看醫生？」

「你去瞧瞧他，廣東女人説得吞吞吐吐，我也搞不清楚。」
「這幾天我真走不開，大後天我要跟華之傑大隊去開會。」
「他説你兩個月沒去過，你總得抽空。」
「好，我這就去。」
「明天吧，今日陶陶帶朋友來吃飯，阿一做了幾隻拿手菜在這裏。」
「誰，喬其奥？何必請他。」
「不是伊，陶陶同伊拆開了，你不知道？」
嗄？我的下巴要掉下來，打得火熱，一下子擱冰水裏了，前幾天我不是還見過他們？
「那麼她現在同什麼人走？」一波未平一波又起。
「導演。」
「誰？導演不也是個女孩子？」
「一字之差，」母親笑，「這位是文藝青年。」
我哭喪着臉，「一天到晚換未來女婿，這種刺激受不了，這個人可不可靠？」

「你要人家做女婿，人家還未必答應呢！小朋友志同道合，走在一起，有什麼稀奇？」

「我來，我馬上來。」

不是她的女兒，她說得特別輕鬆。

我趕到娘家，只見那文藝青年早已坐在客廳當貴賓。

我瞪着他研究。

只見他剃平頂頭，圓圓面孔，配一副圓圓的玳瑁眼鏡，穿小領子白襯衫，灰色打摺褲，小白襪，縛帶皮鞋，腕上戴隻五彩米奇老鼠手錶，約廿七八年紀，真看不出，這麼年輕就是一片之主。

「媽媽，」陶陶說：「他是許宗華導演。」

我連忙說：「你好你好。」

許導演很訝異的站起來，「這麼年輕的媽媽。」

這句話開頭聽還有點歡喜，聽熟了只覺老土，我也不以為意。

我向母親看過去，意思是：就是他？

母親點點頭。

這小子能養妻活兒？他打扮得徐志摩那樣，但有沒有徐之才氣？況且這個年頭，才氣又租不租得起兩房一廳？他一年拍多少套片？每片酬勞若干？

在這一剎那，所有丈母娘會得考慮到的問題都湧進我腦海，我頭皮發麻。一個人，無論多清高多超逸，把你放在那個位置，你就會進入那個框框，我雖然還有資格申請做十大傑出青年，但我另一身份是陶陶的母親，我身不由主地關懷女兒的幸福。

陶陶怎麼搞的？為什麼她不去跟身份正統一點的男孩子走，譬如說：教師、醫生、公務員？

好不容易去舊迎新，又是這樣的貨色。

懊惱之餘，臉如玄鐵。

我發覺陶陶的裝扮完全變了，以前女阿飛的流氣消失無蹤，現在她步入電影角色，不知從什麼地方（很可能是外婆那裏）找來那麼多五四時期的配件，如走入時光隧道，與這位導演先生襯到絕。

母親推我一下，「怎麼呆篤篤的，坐下來吃呀，這隻冬瓜鴨很合節令。」

我坐在電影小子旁邊，深覺生女兒沒前途，還是生兒子好，這樣鬼刮過的文弱書生都有我家陶陶去鍾意他，簡直沒有天理。

陶陶有點不悅，當然，她一定在想：我的母親太難侍候，什麼樣的人她都不喜歡。

為着表示愛屋及烏，我夾了一塊鴨腿給那小子。

陶陶面色稍霽。

你看看這是什麼年代，做母親的要看女兒面色做人。

我還得找題材來同姓許的說話。

——導演是廣東人吧？怎麼想到拍上海故事？是流行的緣故？別鬧笑話，有現成的顧問在這裏。記住三十年前的旗袍全部原身出袖，只有上年紀才剪短髮。鞋子是做好鞋面才夾上鞋底，祖宗的像決不會掛在客堂間。

說得唇焦舌燥。

然而看得出他是那種主觀很強、自以為是的人，很難聽從別人的意見。

我終於問：「陶陶有什麼優點？說來聽聽。」

我女兒搶先說：「我長得美。」

我白她一眼。

導演馬上說：「陶陶可愛。」

浮面的愛。我知道我太苛求，但愛一個人，不能單因為對方似隻洋娃娃。

我暗暗歎口氣，也吃不下飯，只喝半碗湯。

葉伯伯是對的，我應該走開一下，去到不同的環境，放開懷抱。

我很快告辭。坐在他們中央，像個陌生人，話不投機。

我去看父親。

他的情況比我想像中嚴重得多。

不但躺床上，頭髮鬍鬚都好久沒剃，花斑斑。眼袋很大，尤其驚人的是兩腮赤腫，手碰上去是滾燙的。

「有沒有看醫生？」我失聲問。

「醫生說是扁桃腺發炎。」

「不會，」我說：「哪有這麼嚴重？這要看專科。」

繼母很為難，把我拉到一旁，細細聲說：「錢他自己捏着不肯拿出來，巧婦難為無米之炊。」

我連忙到客廳坐下，開出張現金支票，「明天就送院，一個禮拜都沒有退燒，怎麼可以拖下去！」語氣中很有責怪之意。

繼母訕訕地不出聲。

兩個弟弟坐在桌前寫功課，也低着頭不語。發育中的男孩子永遠手大腳大，與小小的頭不成比例，他們也是這樣，只穿着底衫與牛仔褲，球鞋又髒又舊，如爛腳似的。他們各架副近視眼鏡，兩頰上都是青春豆。

忽然之間我替父親難受，這麼一大把年紀，還拖着兩個十多歲的兒子，僅餘的錢，不知用來養老還是用來作育英才。

繼母對父親說：「之俊來看你。」

父親睜開雙眼，「之俊……」他喉頭渾濁。

我很心痛，「你早就該把我叫來。」

「不過一點點喉嚨痛。」

「之俊讓你明日進院。」繼母說。

「錢太多了呀。」他掙扎着還不肯。

「我這兩天要出門，」我哄他，「沒閒來看你，怕沒人照顧。」

他冷笑連連，「一屋都是人，不過你說得對，我是沒人照顧。」他伸出手來握住我的手。

我怕繼母多心，「他們要上課。你幾時聽過男孩子懂得服侍病人的。」

繼母這些年來也鍊得老皮老肉，根本也費事多心，一於呆着一張臉，假裝什麼都沒聽見。

父親依依不捨地問：「你要到什麼地方去？」

他的手如一隻熨斗，我隱隱覺得不妥。

「我立刻替你安排專科，明早你一定要進院，事不宜遲。」

「你怕什麼？」父親還不信邪。

「你要休息，我明早與你聯絡。」

「之俊，留下來陪我說幾句話，我悶得慌。」

我擠出微笑，「有什麼苦要訴？」

繼母不知該退出去還是該旁聽，站在一旁一副尷尬相。

終於她搭訕地喃喃自語：「我去看看白木耳燉好沒有。」

但是她並沒有離開，我覺得她人影幢幢地靠在門外，不知想偷聽些什麼。

「之俊，我還有些金子。」

我微笑，「這與我有什麼關係呢？」

「你說，該不該把兩個孩子送出去？」

我故意提高聲線，好讓繼母釋疑，「那自然是要的。」

他黯然，「送他們出去也不管用，庸才即是庸才。」

我笑，「真是，我們都是庸才。」

「之俊、我不是說你。」

「爸，你要多疼他們。」

他不響。

過很久，他說：「我很後悔。」

後悔什麼，再婚，在晚年生孩子，還是與母親分手？

「你母親，是我把她逼到葉成秋那裏去的。」

「多年前的事了，爸。那一位也陪你熬了這些年，你這樣說不公平。」我替爸爸拉上被子：「快快睡覺，我真的要回去了。」

說完不理三七廿一，便站起來替他關上房門。

繼母躲在門角，見我出來，也不避嫌，立刻說：「之後，只有你明白我這些年來吃的苦。」雙眼都紅了。

我仍然微笑，「要送他們兩個出去唸大學呢，還不快快加把勁用功，打算去哪裏？依我看，加拿大學費略為便宜一點。」

兩個弟弟露出驚喜的樣子來。

我拍拍他們肩膀，「父親是嘮叨一點，心裏疼你們，嘴裏說不出。」

葉成秋與父親同年，今日看來，他比葉成秋要老一倍。男人沒有事業支撐，立刻潰不成軍。我太息。

他們送我到樓下。我又叮囑幾句才回家。

我與父親的感情並不深，是到最近這幾年，他才主動拉緊我。開頭新娶廣東女人，又一連生下兩個男孩子，也就把我們母女丟在腦後。

十年後他莫名其妙又厭惡後妻與兒子，父親的感情自私、幼稚、不負責任。但他還是我父親。生命最尷尬是這點。

第二天我百忙中替他找到醫生，命弟弟送他進去。

弟弟向我訴苦，説父親逼着他們去買新鮮橘子來榨汁，不肯吃現成的橘子汁。

他與母親一般的疙瘩。也不曉得這是不是上海人的特性，也許這樣説是不公平的，葉成秋就不介意喝罐頭果汁。

出發那日我拖着行李匆匆趕到飛機場，別人都比我早到，也比我輕鬆。

酒店管理科一組全是女將，仍然窄裙高跟鞋，寧死不屈，好氣概。電機工程師如蜜蜂般包圍她們，煞是好看。

世球叫我，「之俊，這邊。」

我才如大夢初醒，向我的助手打招呼，挽起袋袋去排隊。

他特別照顧我，悄聲問：「都齊了？」

我點點頭。

飛機在虹橋機場降落，我心有點激動：回到故鄉了。隨即啞然失笑，我只在故鄉躭過半年，在襁褓中便離開江蘇，有什麼感情可言，除非是祖先的遺傳因子召喚我，否則與到倫敦或巴黎有什麼分別。

下飛機第一個印象是熱。

我們不是不能忍受熱，但到底島上的熱與內陸的熱又不一樣。等車的一刻便件件衣服濕得透明，貼在身上，熱得你叫，熱得你跳。

第二便是蟬鳴的驚心動魄，一路上「喳」——長聲音叫，我抬起頭瞇起眼睛，明知找不到也似受蟬之魔法呼召，像是可以去到極樂之土。

女士們面孔上都泛起一層油，脂粉褪掉一半，比較見真功夫，都立刻買了扇子努力地搧。

玉簪。

冷氣旅行車立刻駛至，我依依不捨地登車。那蟬聲還猶自可，空氣中的濃香又是什麼花朵發出來的？既不像白蘭又不是

我貪婪地深呼吸。

「香？」世球坐在我身邊。

我點頭。

「桂花。」

啊我一時沒想到。鼎鼎大名的桂花，傳說中香得把人的意志力黏成一團的桂花。我把頭靠在車窗上。這個地方我是來過的，莫非在夢中曾經到過這裏。

車子往大東飯店要個多小時，世球在那裏吹噓：「我到全世界都要住市中心。」

女士們立刻投以傾慕神色，我暗暗好笑。也難為他，這個領隊不好做，雖然葉伯伯已搭通天地線，也還得世球一統江湖。

他見我笑，便解嘲說：「最不合作的是你，之俊。」

我不去理他，心中很矛盾，看樣子大東飯店一定時髦得不得了，絕不會勾起什麼懷舊之幽思。

我不是不喜歡住豪華旅舍，只是先幾年經濟情形有所不逮，往歐洲旅行只得住小旅館，窗門往往對牢後巷，在潮濕的夏季傍晚，水手在廉價路邊咖啡座喝啤酒，看到我倚窗呆望，往往會得好心的吹口哨引我一笑。

就是在那個時候，愛上小旅館風情，特別有親切感，連淋浴都成了奢侈，另付五塊錢租用蓮蓬頭一次，帶着私人浴巾及香皂進去，不能每天都洗，花費不起。

我喜歡看窗外月色，喜歡在沒空氣調節的房間輾轉反側，喜歡享受異國風情較為低層的一面。

當然歐洲再熱也熱不到什麼地方去。

冷氣車門一開，熱浪如吹髮器中的熱風般撲上來，逼得我們透不過氣來。

幾位工程師嘩然，紛紛發表意見。

我用手摸摸後頸，一汪汗。

世球笑道：「我父親說，真正熱的時候，躺在蓆子上睡着了，第二天起身一看，蓆子上會有一個濕的人形，全是汗浸的。」

女士們都笑：「勞倫斯最誇張。」

如果是葉伯伯說的，一定全是真的，我相信。

我們在旅舍安頓下來，淋浴後我站在窗前眺望那著名的黃浦江。

除卻里奧熱內盧之外，世界大城市總算都到過了。

世球敲門進來，我轉頭。

「別動。」他拿着照相機，一按快門，摩打轉動，卡拉卡拉一連數聲。

「幹什麼？」

「之俊，」世球坐下來，「你永遠像受驚的小鹿。」

「因為你是一隻狼。」我笑答。

「我覺得你與這裏的環境配合到極點。」

「這是歌頌，還是侮辱？」

「你太多心了。」

我不去回答他。

「今天晚上我們有應酬，先吃飯後跳舞。」

我服了他，就像一些人，在遊艇上也要搓麻將，世球永遠有心情玩，玩玩玩玩。

「同什麼人吃飯？」

「當然是這裏的工作人員。」

「跳舞我就不去了。」

「隨你，」他聳聳肩，「反正我手下猛將如雲。」

我既好氣又好笑，他的口氣如舞女大班。

我忽然問：「我們在這三天內會不會有空檔？」

「你想購物？」他愕然。

「我想逛逛。」

「我與你同去。」他自告奮勇。

「這麼熱，你與你的猛將在室內吃咖啡吧。」

「之俊，我早說過，我們有緣，你躲不過我。」

當夜我們在中菜廳設宴請客。標準的滬菜，做得十分精緻。坐在我身邊的是一位上了年紀的上海籍女士，五十餘歲，仍然保持着身材，很健談，而且聰慧，她是早期畢業的建築師，很謙和的表示願意向我們學習。

她肩上搭着一方手織的小披風，那種絨線已經不多見，約廿年前我也看母親穿過，俗稱絲光絨線，在顏色毛線中夾一條銀線織成，貪其好看，當然有點老土，不過在這個時候見到，卻很溫馨。

女士很好奇，不住問我一般生活情形，乘什麼車住多大地方做什麼工作。我從來沒有這麼老實過，一一作答，並且抱怨自己吃得很差，不是沒時間吃就是沒心情吃。

世球見我這麼健談，非常訝異。

臨散席時，女士說：「你不像她們。」用嘴呶呶我其餘的女同事。

我樂了。真沒想到她會那麼天真，不是不像我母親的，經過那麼多劫難滄桑，都是我們所不敢問的，仍然會得為一點點小事發表意見，直言不諱。

我笑：「她們時髦。」

她忽然說，「不，你才時髦瀟灑，她們太刻意做作。」

讚美的話誰不愛聽，我一點不覺肉麻，照單全收，笑吟吟的回到樓上房間去，心想，上海人到底有眼光。

我喝着侍役沖的香片茶，把明天開會的資料取出又溫習一遍，在房中自言自語。

扭開電視機，正在聽新聞，忽然之間咚的一聲，冷氣機停頓。室內不到十分鐘便燠熱起來，僕歐來拍門通知正在趕修，心靜自然涼，我當然無所謂，但是世球他們跳得身熱心熱，恐怕要泡在浴缸裏才能睡得着。

侍役替我把窗戶開了一線，我總算欣賞到江南夏之夜的滋味，躺在床上不自覺入夢。

隔很久聽見大隊回來，抱怨着笑着，又有人來敲我房門，一定是世球，我轉個身，不去應他，又甜睡。

早上七時我被自己帶來的鬧鐘喚醒，不知身在何處，但覺全身骨頭痛，呻吟着問上主：我是否可以不起來呢？而冷氣已經修好了。

世球比我還要早。他真有本事。

他悄聲在我耳邊說：「同你一起生活過，才知道你是清教徒。」

這人的嘴巴就是這樣子，叫好事之徒拾了去，又是頭條新聞。

一大行人準時抵達會場。

會議室寬大柔和舒適，是戰前的房子，用料與設計都不是今日可以看得見的了，桃木的門框歷年來吸飽了蠟，亮晶晶，地板以狹長條柚木拼成，上面鋪着小張地毯，沙發上幪着白布套子。

我抬頭打量天花板，吊燈電線出口處有圓形玫瑰花紋圖案，正是我最喜愛的細節。

我在端詳這間屋子，世球在端詳我，我面孔紅了。

會議如意料中複雜冗長，三小時後室內煙霧瀰漫，中午小息後，下午再繼續。

華之傑一行眾人各施其才，無論穿着打扮化妝有何不同，為公司爭取的態度如一，每個人在說話的時候都具工作美，把個人的精力才能發揮至最高峰。

散會後大家默默無言，世球拉隊去填飽肚子。

有人說這兒也應有美心餐廳。

仍然是上海菜。

廣東小姐吃到糟青魚時誤會冷飯跑到魚裏去，很不開心，她在家從不吃上海菜：「樣樣都自冰箱取出，」她說。世球白她一眼。這些我都看在眼裏。

我問：「今天幾度？」

「攝氏三十五度。」

嘩。

世球問：「心情如何？」

「很好，久久沒有過群體生活，很享受。」

「是的，這麼多人同心合意做一件事，感覺上非常好。」

「我想到淮海路去走走。」

「明天傍晚或許會有空。」世球說。

「今天傍晚有什麼不對？」

「你沒有經驗，今晚我們自己人要開會討論。」

真沒想到時間那麼迫切，我們在世球的套房裏做到晚上十二點。所有女性臉上的胭脂水粉全部剝落，男士們的鬍髭都長出來，但沒有人抱怨。

我們這些人真能熬，咬緊牙關死撐是英雄本色。

只有六小時睡眠，世球還自備威士忌到我房間來喝，他這種人有資格娶三個老婆，分早午晚三班同他車輪戰。

我用手撐着頭，唯唯諾諾，頭太重，搖來晃去，終於咚地撞到茶几上，痛得清醒過來。

世球大笑，過來替我揉額角，嚷着「起高樓了」，忽然他凝視我，趨身子過來要吻我，我立刻說：「世球，你手下猛將如雲。」

世球立刻縮手，大方地說：「我不會勉強你。」

我很寬慰。

「你是吃醋了嗎？」

「神經病。」

「我唸中學的時候，有個男同學早熟，他經驗豐富，與我說過，如果女孩子肯罵你神經病，對你已經有感情了。」

我們大笑。

第二日會議很有用很有建設性，皆大歡喜，大局已定，我們回去將做初步正式圖則。

世球說：「頭五年一定要賺回本來，跟着五年才有純利，這十年後資產歸回當地政府，最大敵人是時間。散會。」

我一定要到淮海中路去。

世球陪着我，在這條鼎鼎大名，從前是法租界的霞飛路上踱步。熱氣蒸上來，感覺很奇異，世球問我，有沒有可能，他父親同我母親，於若干年前，亦在同一條路上散過步？

他說：「從前國泰大戲院在這條路上，父親喜歡珍姐羅渣士，苦苦省下錢去看戲。他兄弟姐妹極多，而祖父是個小職員，半生住在宿舍裏，他童年很困苦。」

葉伯的一生與我父親剛相反。

「要不要買些什麼？」他問我。

我搖搖頭，我並沒有在旅行期間購物的習慣，通常是一箱去，一箱回，看見人家什麼都抓着買就十分詫異。

「我同你去吃刨冰。」世球說。

與他去到戈壁他也懂得玩的門檻，環境真的難不倒他。

菠蘿刨冰既酸又甜，又有一股濃厚的香精味，不過含在嘴裏過一會兒才吞，倒別有風味。

「回去吧。」世球笑，「我們還要吃晚飯。」

女同事們還是去購物了。

助手給我看她買的一串項鏈。真的美，全用半寶石串成，珠玉紛陳，價錢公道，陶陶最喜歡這樣的飾物，我見獵心喜，連忙問在什麼地方買。但時間已晚，店舖已打烊。

幸虧助手取出另一條讓給我，我才有點收穫。

結構工程師找到一條絲披肩，流蘇足有三十公分長，結成網，每個結上有一顆黑色的玻璃碎米珠，東西是舊的，但仍然光鮮，一披在身上，整個人有神秘的艷光。

我說我從來沒見過這麼好看的衣物，讚不絕口，不過不像是中國東西。物主很高興，告訴我，那是俄國人遺落在這裏的，說不定是宮廷之物。

我不敢相信，詭秘的古國，無論拾起什麼都有幾千年歷史，一張布一隻花瓶都是古董，而且保存得那麼好，奇異地流落在有緣人的手中。

還有人買到鑲鑽的古董表，只有小指甲那麼大，機器還很健全，只不知有沒有鬼魂隨着它。

我們這班蝗蟲，到哪裏搜刮到哪裏，總有法子作樂，滿載而歸，我慨歎地笑了。

深夜，世球說：「在這個古老的城市住久了，不知你是否會愛上我？」

我看他一眼，不出聲。

第二天清晨我們上了飛機。

回到家，弟弟立刻找到我，我連行李都來不及收拾便趕往醫院。

繼母眼睛腫如核桃。

我同她說：「他脾氣一直壞，架子一直大，你又不是不知道，凡事忍着點。」

她拉着我的手，「切片檢查過了，是鼻咽癌。」

我頭上轟的一聲，如炸碎了玻璃球，水晶片飛濺至身體每一角落，都割在肉上，痛不可當。

呵上主。

我握住繼母的手，兩人坐在醫院走廊長櫈上，作不了聲。

過半晌，我撇下她去見醫生。

醫師很年輕，很和藹，總是安慰病人家屬：「對這個症候我們很有研究，已開始電療，幸虧發現得早，有機會」等等，我沒有聽進去。

我去病房看父親，他剛服了藥。

他看見我只是落淚，他們已經告訴他了，這真是天地間最殘忍的事。

他同我說：「我們明明是一對。」

我一時間沒聽懂。

「我們明明是一對，她是獨女，我是獨子，門當戶對，可是葉成秋偏偏要拆散我們。」

我聽明白後怵然而驚，他已經糊塗了，當中這幾十年像是沒有過，他永遠不會原諒母親。

「葉成秋是什麼東西？」他不住地說：「他算什麼東西？我楊家的三輪車伕還比他登樣。」

我說：「是是，你休息一會兒，爸。」淚水滾滾而下。

護士前來替他注射。

「之俊，」父親握着我的手，「之俊，做人沒味道。」

我也不再顧忌，把頭靠在床頭上哭。

護士像是司空見慣，平靜的同我說：「不要使他太激動，你請回吧。」

歷史上所有的不快都湧上心頭，我像個無助的孩子般，坐在病房外號啕大哭，怎麼都忍不住。兩個弟弟見我如此，也陪着落淚，繼母用濕毛巾替我揩面，我發了一身汗。

抽噎着，忽然嘔吐起來。

醫生說「中暑了」，接着替我診治。

我拿着藥回家，面孔腫得似豬頭，昏昏沉沉倒在床上。

過一會兒發覺母親在推我：「之俊，之俊，脫了衣服再睡。」

我尖叫起來，「不要碰我。」

「你別這個樣子，人總會病的——」

我尖叫起來，「你巴不得他死，你巴不得他死。」

母親把我推跌在床上，「你瘋了，他死活還關我什麼事，他另娶了老婆已經二十年，兩個兒子都成年了。」

我才驚覺說錯話，急痛歸心，更加失去控制，嚎叫起來，「他潦倒一生，媽媽，他幾時高興過，太不公道了。」

母親也哭，「他潦倒，難道我又什麼時候得意過？」

這話也是真的，我只得把頭埋在枕下尖叫。

「芬，你且出去。」

是葉伯伯的聲音。

葉成秋輕輕移開被枕，用手撥開我頭髮，「之後，三十多歲了，感情還這麼衝動，於自己有什麼好處？」

他堅定的聲音極有安撫作用。

「傷害你母親能減輕你心中痛苦？」

「我不要你管。」

「你不要我管要誰管？」他笑。

我回答不出。

「人當然有悲傷的時候，切勿嫁禍於人，拿別人出氣，叫別人陪你痛苦。」

他陪着母親走了。

我支撐起來換睡衣，天旋地轉，只得又躺下來。

再睜開雙眼的時候，天已經黑了。

我並沒有即刻開燈，呆着臉沉默着，暗地裏只聞到頭髮受汗濕透後的酸餿氣，我歎口氣，又決定面對現實，兵來將擋，水來土掩。

「媽媽。」

陶陶的影子在門邊出現。她走近我，坐在我床邊。

「我煮了白粥，要不要吃一點？阿一送了豆瓣醬來，是用篙白炒的。」

「我不餓。」

「同你切點火腿片好不好？」

「你回到外婆家去吧，我過一兩日就好了。」

「是外婆叫我來的。」

「我沒事，只想洗個頭。」

「我幫你吹風。」

「一生病就想剪頭髮。」

「媽媽的頭髮大抵有一公斤重。」陶陶在黑暗中笑。

至此我已經平靜下來，對於剛才失態，甚懷歉意。
「外公不是不行了吧？」
「亂講。」
「人總要死的。」
年輕人一顆心很狠。
「其實我們一年也見不到外公三次。」
我歎口氣，改變話題，「你拍完戲沒有？」
「拍完了。不過現在幫忙做場記。」
我忍不住問：「你把喬其奧全給忘了？」
「我以為你不喜歡他。」
「你沒有回答我問題。」
「忘了。」
「很好，能夠忘記真是福氣。」
陶陶拉着床頭燈，看見我嚇一跳。

我笑，「可是成了蓬頭鬼了？」

「一笑又不像，好得多。」

她扶我洗了頭，幫我吹乾，編成辮子。我覺得太陽穴上鬆了一點。

我縮縮鼻子：「什麼東西燒焦了，粥？」

「不是，早熄了火——呀，是藥。」

一小壺神麯茶燒成焦炭。

我瞪着陶陶，忍不住笑起來。

死不去就得活下來。

還不是用最好的浴鹽洗泡泡浴。

父親自醫院回家，繼續接受電療，我每日下午去看他，情形並不那麼壞，只是支出龐大。

一連好幾天都沒見世球在華之傑出現。

一日大清早，我回到寫字樓，看見他坐在我桌子上喝黑咖啡，西裝襟上，別着塊黑紗。

我一震，手上捧的文件險些兒跌在桌子上。

他抬起頭，一切盡在不言中，眼神很哀傷。

「世球。」我無限同情。

「我只覺得體內一部份經已死亡。」

「什麼時候的事？」我拉張椅子坐他身邊。

「前夜。」

「你父親如何？」

「自那時開始不食不眠。」

「我沒看見訃聞，自己也病了數天。」

「我母親是一個值得敬愛的女人。」

「一定。」

「我是這樣傷心，之俊，我竟哭了，生平第一次流下眼淚，我心如刀割。」

「我知道。」

「她一生寂寞，之俊，她也知道父親並不愛她，而我又那樣不覊。」

「我認為你父親是愛她的。」我說：「你也該知道，愛情不止是手拉手或者跳熱舞。」

「但是他們甚少説話。」

「愛情亦不是發表演説。」

「他亦不稱讚她。」

「愛情不是街頭賣藝，敲響銅鑼。」

「他愛她？」世球微弱的問。

「當然。他更溺愛你。」

「我一直認為他愛的是你母親。」

「世球，在他的感情世界裏，總容得下一個老朋友吧。」

他釋然，呼出一口氣。

「世球，你爹沒事？」

「你們真的像對父女。」他説：「我很妒忌。」

「去你的。」

「你愛誰？你生父還是他？」
「不選可不可以？」
「不行。」
我說：「其實我與父親沒有交通，我認為他性格上充滿弱點，但不知恁地，有事發生，我自然會撲過去，看他吃苦，恍若身受。」
「那麼同樣的事發生在葉成秋身上呢？」
「他那麼強壯，誰理他，」我忍不住說真話，「我們生瘡，去找他，他長疱疱，他自己打理，誰管他？」
「這太不公允了。」
「什麼人同你說過這是個公平的世界？咄！」
愁眉百結的世球也被引笑。
過一會兒他說：「我父親是個寂寞的人。」
「我相信，」我喃喃說：「He's Leader of the Band. He's a Lonely Man.」
「你也聽過這首歌？」

我點點頭。

「我也寂寞。」

我毫不容情地大笑起來。

「你總是踩我。」

「因為你從不介意。」我稱讚他。

「你不信我寂寞？」

「算了吧，世球。」

「之後，如果我向你求婚，你會不會答應？」

「與我結婚的人，要愛我，愛我母親，兼加我女兒。」我說。

「這太難了。」

可不是。

他又沉默，恢復先頭那種哀傷，即使是葉世球，也有他沉着的一面。

我沖兩杯咖啡，給他一杯，滿以為他已經忘卻適才的話題，誰知他又說：

「只愛你一個人，可以嗎？」

「那樣你也做不到。」

「你太小親我。」

我笑，拍拍他膝頭。「我們幾時再上去開會？」

「你嚮往？」

「嗯，」我說：「我喜歡與華之傑這組人一起工作。」

「自然，都是我挑選的精英。」

我很慚愧，我不夠資格。

「下個月吧，一個月一切準備妥當再上去。」

我說：「世球，我要開工了，不能陪你。」

「聽聽這是什麼話？」他悻悻說。

「這才是好伙計呀！」我笑。

下班我去看母親。

她不在，老規矩，去打橋牌。

阿一服侍我吃了頓好豐富的家常菜。她年紀大了，有點混亂，大熱天竟煮了火腿豬腳湯，被母親抱怨，正在煩惱，碰見我來，把湯推銷掉，樂得她什麼似的。

做人真不容易，傭人也有煩惱。

飯後她捧滿滿一碟子白蘭花出來，幽香撲鼻。

我躺在沙發上看報紙。

「大小姐今年也三十二了吧？」她在剝毛豆子。

「快三十五了。」

「時間過得真快。」她感歎。

「誰說不是。」

「自小你是乖的。」她說。

自小我不是個有魄力的孩子，一向只能做些雕蟲小技，初步功夫學得很快，鋼琴、芭蕾、法語……都容易上手，但等到一天要苦練八小時的關頭，就立刻放棄。

少壯不努力，老大自然徒傷悲。

阿一又說：「陶陶就不同了，她主張多。」

是的，這一代是不一樣的。

「這座老房子要拆了吧？」

「你放心，救火車上不來，不能蓋大廈。」

她放了心，悠悠然工作，身上一套黑色香雲紗唐裝衫褲已有廿年歷史，早洗成茶葉色，領口都毛了，但還是她心愛的衣裳。

阿一也有新衣，冬天母親做給她嗶嘰衫褲，同時也接收我與陶陶過時不用的手袋皮鞋，母親很反對她身上弄得似雜架攤子，母親說：「之後，你亂穿是有型夠格，她一亂就像垃圾婆。」

我才像拾荒的。

「陶陶說，她那串項鏈是你帶來給她的？」

「曖。」

「上頭還好嗎？」

「你怎麼不去看看？」

「我都沒有親人，我是孤鬼。」
門一響，母親回來了。
阿一捧着毛豆回廚房。
母親換上拖鞋，坐在我身邊。
我說：「葉太太去世了。」
「是。」
我們並沒有見過葉太太。而世球長得似他父親，無從查考。
「要不要去鞠躬？」
「之後，你知道我這個人，一向我行我素，是你們婦解分子的祖宗，早三十多年我都有膽子離婚，處理事情自有我的一套。我不去。」
我點點頭。
母親隨即訕笑，「你看我多麼慷慨激昂。」
我問：「你會去看我父親嗎？」
「亦不去，他老婆子女一大堆，何勞我。」

「到底夫妻一場。」

她瞪我一眼，「我去把陶陶的父親叫回來，讓你們重話家常，可不可以？」

我馬上噤聲。

「最恨人家說這種虛偽的、不負責任的濫溫情話：到底是孩子的父親，畢竟是夫妻，一笑泯恩仇……連你都這個樣子，之俊，你才三十多歲就糊塗了。」

母親直到現在，還是火爆的脾氣，在很多地方，她比我現代，也難怪陶陶與她談得攏。她今日一肚子的氣。自然，葉成秋家中出了這等大事，不得不冷落她。

她是見不得光那一位。

平日不覺得，過時過節，甚至週末，有大事發生的當兒，她便得看開點，自己打發時間。

我勸慰她，「過幾日葉伯伯就空閒了。」

「我同他不過是老朋友，你跟你父親不知想到什麼地方去，我歷年來生活並不靠他，你外公有金條在我手上。」

我不敢說什麼，泰半是不忍，讓她掙回一點自尊吧！很多人以為四十而不惑，五十歲應該幻為化石，四大皆空，萬念俱灰，但這不是真的，至少母親的性格一直沒有改變。

過一日我代母親去鞠躬。

殯儀館黑壓壓都是人，前頭跪着的都有三四十個。母親說過，做廣東人最大的好處便是親戚奇多，都在眼前，一呼百諾，聲勢浩大。

世球百忙中還來招呼我，我自己識相，揀一個偏位，坐下來抹汗。

他與他父親都穿黑西裝，看上去似兩兄弟。靈堂上拜祭的不乏達官貴人，兩父子沉着地應付，雖然哀痛不已，仍不失大體。

葉太太的照片掛在花環當中，鵝蛋臉，細眉毛，菱角嘴，雖然不是美女，看上去但覺十分嬌俏，這幀照片恐怕有三十年了，她還梳着疏落的前劉海。

可以想像年輕的葉成秋流落在本市，落魄無靠，遇上了她，從她那裏學會說粵語，從她父處學曉做生意，她是根，她是源，沒有這位廣東女子，就沒有葉成秋。

離開殯儀館時天下滂沱大雨，水珠落在地上反濺，打傘兼穿雨衣都不管用，滿身濕。

我第一次去兜生意亦是個大雨天，帶着牆紙及瓷磚樣板，希望某建築師幫個忙，賞口飯吃。那位先生叫我說一說計劃，我努力講了十分鐘，他已經聽累了，打個呵欠。

打那個時候開始，我覺得自尊不算一回事，上山打虎易，開口求人難，但是與切身利益有關的時候，絕不能聽天由命，總得盡量爭取，失敗也不打緊，有人笑我嗎，那不過是他下流。

相由心生，因此外形日益邋遢，也不高興再打扮，這也是一種保護自己的方法：表明是賣藝不賣身。

我沒有開車子出來，站在路邊截計程車，一站半小時，也不覺累，一邊欣賞白花花的雨景。

「楊小姐。」

是葉家的司機，把黑色大車彎到我這一邊來，硬是要載我一程。

我本想去看父親，奈何身上穿着黑旗袍，爹最恨黑色，我只得回家換衣裳。

到家又不想出來，我攤開圖表再度鈎出細節，雨仍然沒有停，不住傾訴，好幾個鐘頭了，什麼話都應該說盡了，但也許她已經有大半生沒見到他，而她又確信他仍然愛她，所以還可以說至深夜。

而我沒有這種運道，我沒有話說，人們愛怎麼想就怎麼想，我已經老了，且無話可說。

我扭開無線電。一次陶陶見我聽歌，像是遇着什麼千古奇聞似：「媽媽，你也聽歌？」

上了三十，除卻吃睡穿，最好不要涉及其他，年輕人最殘忍，覺得聽歌的媽媽不像媽媽，虧欠他們。

至傍晚雨停止後，我終於買了溫室桃子去看父親。

這一陣子他變了，愛吃愛睡，脾氣倒不如從前壞。

他向我埋怨，說腰子痛。

我同他說，大抵是肌肉扭傷，不必擔心。

陪父親吃過飯才打道回府。他如小孩子，一邊吃一邊看電視，完全認了命，承認癌症是生活之一部份，不再發牢騷，因此更加可悲。

世球找我，「出來陪我，之後，說說話，我需要安慰。」

「到舍下來喝杯龍井吧。」

他駕着開篷跑車來，也不怕陰晴不定的天氣。他們說這便是浪漫：永遠與你賭一記，流動，不可靠，沒有下一刻、明天、第二年。

我沒刻意與他交談。

他躺在我的按摩椅子裏看柔軟體操比賽項目，手捧香茶，隔一段時候發表鬆散的意見：「還是美國選手正路，羅馬尼亞那幾個女孩子妖氣太重」等等，喪母之痛不得不過去，他又做回他自己。

他最新的女朋友是誰？我問：「你真的忘了關太太？」

「什麼關太太？」他眼睛沒有離開電視機。

真的忘了。

「此刻同誰走？」我又問。

「誰有空就是誰，你又不肯出來。」

語氣像韋小寶。

「誰是誰？」我很有興趣。

他轉過頭來狡黠的笑，「就是誰誰誰。」他雙眼彎彎，濺出誘惑。

「大不了是些小明星。」

「喲，你去做做看。」

我驚覺地閉上嘴，陶陶現在便是小明星，真是打自己的嘴巴。

「怎麼，吃醋？」

「啐。」

「你的女兒呢？」

「出去玩了。」

「而你，就這樣古佛青燈過一生？」

我微笑，「你少替我擔心。」

「我們出去玩，之俊，結伴去跳舞。」

「世球，為什麼一定要燈紅酒綠？」

「我愛朋友。」

「藉口。」

「你又何必老把自己關着？」

我笑。

他也笑，「兩個性格極端不同的人，竟會成為朋友。」

他喝完茶就走了。

我在窗前看世球駕走開篷車。老天爺也幫他忙，並沒有再下雨。

要這樣的一個男人成日坐在家中看電視，當然是暴殄天物，他當然還有下一檔節目，夜未央，而他每日睡五個小時就足夠。

第二天早上他又來找我，帶來一隻豬腰西瓜，足足十公斤重，另一瓶氈酒，把一隻漏斗的尖端按進瓜肉，一瓶酒全倒進瓜裏，說要浸八小時，把我冰箱裏所有東西取出，將西瓜塞進去。「我晚上再來。」他說。

晚上他不是一個人來，帶着十多個同事，使我有意外之喜，大家是熟人，不必刻意招呼，又吃過飯，便捧出那隻精心炮製的西瓜，切開大嚼。

小小公寓坐了十多人，水洩不通，不知誰找到唱片放出輕音樂，氣氛居然十分好。

我穿着襯衫運動褲，快活地坐在一角看他們作樂，原來做一個派對的女主人也不是那麼困難。

世球過來說：「真拿你沒法子，還是像罩在玻璃罩中。」

我說：「是金鐘罩。」

他笑，「你還少一件鐵布衫。」

我側耳彷彿聽到門鈴，是誰？我走到門邊，拉開查看，是陶陶。

「媽媽，你在屋內幹什麼？」她睜大雙眼。

「這像什麼？」我笑問。

她似摸錯房子似的，「這像開派對。」

「是在開派對。」

陶陶笑着進來，她身後跟着那個當代年輕導演。

我向世球介紹，「這是我女兒陶陶，這是葉叔叔，葉公公是他父親。」

世球怔怔的望牢陶陶，過半晌才說：「叫我勞倫斯好了。」

陶陶笑說：「別告訴我葉公公也在此地。」一邊拿起西瓜吃。

我連忙說：「陶陶，這西瓜會吃醉人，到處是少女陷阱。」

世球看看我，又看看陶陶，彷彿有說不出的話悶在心中。

電影小子緊釘在陶陶身後。

世球同我說：「奇景奇景，沒見她之前真不信你會有這麼大的女兒，是怎麼生下來的？同你似印胚，一模一樣。」

我微笑：「不敢當不敢當。」

他興奮，有點着魔：「你知道你們像什麼？兩朵花，兩朵碧青的梔子花。」

我聽過不少肉麻的話，但這兩句才是巔峰之作，我受不了，世球年紀不會大，但不知恁地，最愛戲劇化的台辭。

陶陶覺得熱，隨手脫下小外套，裏面穿一件露背裙子，整塊背肉暴露在眼前，圓潤嫩滑，不見一塊骨，曬得奶油巧克力般顏色，連我做母親的都忍不住去捏一捏她的肩膀。

世球看得呆掉，我去碰碰他手臂，叫他表情含蓄點，狼尾巴也別露得太顯著了才好。

陶陶並非絕色，飛雁不一定會降落地面來欣賞她的容貌，再過二十年她也不過像我這樣，成為一個平庸的女人。但她現在有的是青春，像盆栽中剛剛抽芽的嫩枝：光潔、晶瑩，綠得透明，使人憐愛珍惜，即使最普通的品種也自有一種嬌態，這便是陶陶。

她臉上沒有一條表情紋，眼睛閃亮有神，黑白分明，嘴唇天然粉紅，緥緊的微微翹起，手肘指節處皮膚平滑，不見鬆摺，換一句話說，她如新鮮的果子，怎麼會得不引人垂涎。

連每條頭髮都發散着活力，有它自己的生命，她隨便晃晃腦袋，便是一種風景，額角的茸毛還沒褪掉哪，這樣年紀的女孩子連哭起來都不會難看，何況巧笑倩兮。

世球在説歐洲的旅遊經歷給她聽。

她的導演男友鼓起腮幫子，因鏡頭被搶而鬧情緒，文藝青年哪是葉世球的手腳，門兒都沒有。

世球說：「……駕車遊歐洲是最好玩的，但危險程度高。」

「在法國尤其得當心，他們開車全無章法，速度高不去說他，又愛緊貼前車，在倒後鏡中，可以看到後面的司機的眼白。」世球說。

陶陶笑得前仰後合，一頭直髮如黑色閃亮的瀑布般搖擺。

世球也怔住了，他沒想到他說的話有這麼好笑，這麼中聽。

這也是年輕的女孩子吸引男人的原因：每句話每件事對她們來說，都是新鮮的好玩的，會得引起她們激烈熱情的反應。而我們還有什麼是沒見過沒聽過的，只覺事事稀鬆平常，不值得大驚小怪。

我暗暗感歎，老了老了，有這樣的女兒，焉能不老。

那文藝青年的面孔漸漸轉為淡綠，我有點同情他，給他一杯汽水。

陶陶笑問我：「媽媽，怎麼我們以前從來沒見過勞倫斯？」

「機緣未來。」我說。

世球說：「葉楊兩家，是幾代的朋友呢。」

到了半夜，客人漸漸散去，陶陶也被她的男友帶走。

只餘世球，他握着酒杯坐在沙發上，對着客人留下的戰跡，彷彿有無限的心事，不語。

過很久他問：「你幾歲生下陶陶？」

「十七八歲。」

「是怎麼生的？孩子生孩子，很痛苦吧？」

「如此良宵，世球，即使你還有精力，也不宜談這些事。」

「一切困苦艱難，你是如何克服的？」

「世球，我不欲說這些。」

「說出來會好過些。」

「我沒有不好過。」

「你太倔強，之俊。」

「世球，一切已成過去，往事灰飛煙滅，無痕無恨，不要多說了。」

他凝視我良久良久，然後說：「沒有烙印？」
我只是說：「沒有不癒合的傷口。」
「之後——」
我打一個呵欠。
世球笑，「我這就走。」
「明天見。」
「工作順利嗎？」
「沒聽見我叫救命，就是順利。」
「很好。」
「世球，謝謝今天晚上。」
他做一個手勢，表示一切盡在不言中。
陶陶第二天一早便來找我，做早餐給我吃。
她梳條馬尾巴，穿條工人褲，忙出忙入。咦，已把復古裝丟在腦後了？
她說：「勞倫斯真是一個好玩的人。」

好玩？這兩個字真是誤盡蒼生，這算是哪一國的優點？一個男人，啥貢獻也沒有，就是好玩？

「媽媽，其實他不錯，你有沒有考慮過他？」

「多大的頭，戴多大的帽子，我怎麼敢考慮他。」我笑。

「他有多大年紀，有沒有四十？」

「沒有沒有，他比我年輕，頂多三十三四。」

「人很成熟。」陶陶說。

「是的。」

我在想，我出世後葉伯伯才結的婚，世球應當比我小一兩歲。很多人在這種年紀還蹦蹦跳不懂事，我相信陶陶的許導演並不見得比世球小很多，但因環境影響薰陶，世球自小背着做承繼人的責任，因此成熟圓滑，與眾不同。

「我覺得他真有趣，而且他同葉公公一樣，沒有架子。」

這倒是真的，絕對是他家的優異傳統。

「聽說他女朋友很多。」

我詫異，「你都知道了？」

陶陶笑，「這麼小的一個城市，總有人認識一些人。」

「你對他的印象，好像好得不得了。」

陶陶直率地說：「是的，這是我的毛病，我覺得每個人都可愛，都有他們的優點。」

是的，直到你上他們的當，被他們陷害、利用、冤枉、欺侮的時候。

年輕人因在生活道路上還沒有失望，看法與我們自然兩樣。

「我要上班了。」

「我去看外婆。」

「你怎麼不上片場？」我奇問。

「許宗華生氣，臭罵我一頓，開除我，我失業了。」

這小子器量奇狹。「就因為昨日你同葉世球多說了幾句話？」

「是的，他說他吃不消。」

我微笑，「不相干，這種男人車載斗量。」

陶陶有點惋惜。「不知道他會不會把我的演出全部剪掉？」

我心想那更好，謝天謝地。

「陶陶，你這樣吊兒郎當的膩不膩？暑假夠長了，馬上要放榜，要不你找份正經工作，要不去讀大學。」

陶陶沉默。

「你也知道這樣是過不了一輩子的。」

她聽不進去。

當然，她才十七，再蹉跎十年，也不過廿七，仍然年輕，愛做什麼就做什麼，急什麼。

我幾乎在懇求了，「陶陶，你想想清楚吧。」

「別為我擔心，媽媽，暑假還沒有過去。」

我在上班途中放下她。

我們這個小組忙了一天。伏在桌子上死畫死畫，固定的姿勢使人全身發硬，起立的時候，發覺腰板挺不直。這樣就做老了人，真不甘心。

助手說，若果我肯去跳健康舞，情形會得好一點。

會嗎？此刻我也在跳呀，做到跳，被老闆呼喝着來跳：一二三、去開會，四五六、寫報告，左右左、快趕貨，撲向東，撲向西，還原步，少嘮叨。

還需要什麼運動？

她們都笑。

試都考完了，我與陶陶將同時拿到文憑，你說幽默不幽默，再艱苦的路也會走完的，此刻我只想努力工作，做出個名堂來，以彌補其他的不足。

下班時母親說我有封電報在她處。

我問：「什麼地方拍來的？」

「美國加州。」

我心中有數。

「誰十萬火急拍電報給你？」

「是我去應徵工作。」

「那麼遠。」

「我下班馬上來拿。」

不知有多少時候未試過五點正下班，通常都做到六七點，累得不能動了，喝一瓶可樂提提神再來過，在要緊關頭，可樂可以救命。

到母親家是七點，阿一給我碗冰凍的綠豆湯，上海人從來不講「涼」與「熱」這一套，我呼嚕呼嚕豪爽的喝掉，從母親手中接過電報，不想她多問，立刻開門去，稱有要緊事。媽喃喃罵我學了陶陶那套。

一出門面孔便沉下來，我拆開電報。

「之俊，何必避而不見，一切可以商量，下月我會親自來見你。英念智。」

我將紙揑作一團，放進手袋。

我心中憤怒燃燒，我最恨這種鍥而不捨、同你沒完沒了的人。

我現在有點明白為什麼人要殺人，實在非這樣不能擺脫他的歪纏，與其長期痛苦，不如同歸於盡。

回到家又把電報讀一次，才一把火燒掉。仍然決定不去理他，等他找上門來再說。

這一陣子陶陶也索性不再回來看我眉頭眼額，我倒是清靜，空白的時間也不知道做什麼才好，日日騰雲駕霧似的。這樣算起來，有心事也是好的，煩這煩那，時間一下子過去：替孩子找名校，為自己創業、讀夜課……匆匆十餘年。

如今我唯一的心事是父親的病，而母親那邊，又是另外一個故事。

葉成秋有整整十天沒與她見面。

母親很生氣。「一輩子的朋友，落得這種下場，他老婆撒手西去，彷彿是我害的，內疚不來了，這倒好，天下無不散的筵席。」

我只得往葉公館跑一趟。

我一直沒上過葉家，如今葉太太過身，一切在陰暗面的人都可以見光，我想葉成秋亦不會介意。

葉公館坐落在本市最華貴的地段，雖說在山上，步行十分鐘也就到鬧市了。

我這個人最愛掃興。如果有顧客搬到人跡不到的幽靜地帶，我便悲觀兼現實的問：「誰買菜？」傭人才不肯去，女主人只得自己開車落山去買，如果是上班的太太，那更糟，簡直忙得不可開交。除非是葉公館這樣的人家。

葉府沒有裝修。寬大的客廳收拾得一塵不染，兩組沙發沒有朝代，永不落伍，套着漿熨得筆挺的細藍邊白色布套子。

女傭人守規矩，放下茶杯立刻退出，不比咱家阿一，老愛同客人攀交情。

這些大概都是葉太太的功勞，女主人雖然不在了，仍然看得出她的心思氣派。

葉成秋出來見我，他臉上露出渴望的神色，我放下心，我怕他討厭我。

「之俊，你怎麼來了？」

我笑着站起來。

「你坐你坐。」

「多日沒見你。」

「有多久？」他一怔。

「十多天。」

「這麼久了？」他愕然。

他這句話一出口我就覺得母親的憂慮被證實了，葉成秋的確有心與我們生分。

「母親生你氣。」我也不必瞞他。

他微笑。「她那小姐脾氣數十年如一日。」

我說：「你要節哀順變。」

他不回答，過一會說：「我從來沒有這樣痛苦過，這數年來我一直有心理準備，沒想到事情發生之後仍然支架無力。記憶中只有接獲葛芬婚訊的那次有這麼重打擊，我哭了一整夜，那年我廿一歲。」

我大膽的說：「現在你們之間沒有障礙了。」

「有，有三十多年悠悠歲月。」他很認真的答。

我的心沉下去，我知道母親無望了。

葉成秋不會向母親求婚，他們之間的關係至多只能維持舊貌。

反正我又不是為自己說話，不妨說得一清二楚。

「有沒有續絃的打算？」

「現在哪裏會想到這個。」

這就再明白沒有了。

他一直以得不到母親為憾事，那只是三十五年前的葛芬，與今日的她無關。我們還能要求什麼呢，他已經為一個舊相識做了那麼多。

我只得說：「我們少不了你，葉伯伯。」

「我心情平定下來就來看你們。」他說。

我還能坐下去嗎，只得告辭。

這樣厚顏來造訪也並沒有使我得到什麼。來之前我也曾經詳加考慮，只覺得沒趣，來不來都沒有分別，他那樣的人，如果存心眷顧我們就不必等我們開口，我這般來探聽消息也不過是想自己心死：盡了力了，沒有後悔的餘地。

果然，自葉成秋嘴巴親口說出，他對我母親，不會有進一步表示。

母親以後的日子可尷尬了。沒想到吧，一個上了五十歲的女人，還有「以後的日子」，你現在總明白，為什麼曹操要無可奈何的說：去日苦多。

真是不能靠人，人總會令你失望，要靠自己。

我對世球，無形中又冷淡三分。

他同我說：再次上去開會的時候，他會帶我去看他祖父的家。

我冷冷的損他：「有什麼好看，那種銀行宿舍，一座木樓梯，上去十多戶人家，木地板縫子足足半公分寬，樓上樓下說句話都聽得見，樓上孩子洗澡潑水，樓下就落雨一樣。」

世球微微一怔，「你倒是知道得很詳盡。」

「我當然知道，」我體內父系遺傳因子發作，繼續講下去：「你們家的馬桶就放在亭子間，你父親就睡在馬桶旁邊。」

我狠狠說：「不過是你父親告訴我母親的，並不是什麼謠傳。」

到這個時候，世球性格上的優點發揮得淋漓盡致，不介意就是不介意，反正他又沒住過亭子間，那是他祖上三代的事，他一於當逸事聽。

他居然問：「還有呢？」

我心中氣葉成秋，一不做二不休，「你們葉家窮得要命，唯一吃西瓜的那次是因為果販不小心，把瓜摔到地下裂開，不得不平賣，於是令祖母秤了回家，讓令尊令伯令叔大快朵頤。」

「真的？」

「當然，令祖的家訓是『白飯細嚼，其味無窮』，令尊嘗說，他並不希冀吃到羅宋湯，只要有羅宋麵包已經夠了。還有，也不指望有排骨吃，有排骨湯淘飯已經夠了。」

世球默然。

我知道自己過份，但正如父親所說，他們不過是暴發戶，為什麼不讓他們知道他們的出身。

「這麼苦？」

「就是這麼苦，要不是你外公的緣故，葉世球先生，你自己想去。」

他摸摸下巴，「之俊，你熟葉家，比我還多。」

我哼一聲，「那是你家微時的故事，發跡之後，誰也不知道發生過什麼。」

「之俊，今天你生氣，你生誰的氣？」聰明的他終於發覺了。

我不響。

「那麼帶我去看你祖父家的屋子。」

「我祖父的住宅已收為公用。」

「那麼你外公的家。」

「有什麼好看？好漢不提當年勇，沒落了就是沒落了，遷移到南方後，一切從頭開始。你別樂，叫你此刻移民往北美洲，帶着再多的資金，也得看那邊有沒有機會，環境允不允許你，弄得不好，成箱的富格林也會坐食山崩，同我父親一樣。」

「之俊，誰得罪了你？你心恨誰？我幫你出氣。」他完全知道毛病在什麼地方。

我氣什麼？我心灰意冷，我母親的事輪不到我氣，女兒的事亦輪不到我氣，我自己的事還似一堆亂草，我能做什麼？

我問：「幾時開會？」

「下個月七號。」

「屆時會不會略見涼快？」

「開玩笑，不到九月不會有風，九月還有秋老虎。」

我搖搖頭，伸手收拾文件。

「對了，你知不知道？」

沒頭沒腦，我該知道什麼？

「關於陶陶？」他試探性的問。

我「霍」地轉身，「陶陶怎樣？」警惕地豎起一條眉。

「陶陶找我提名她競選香江小姐。」

我睜大眼睛，耳朵嗡嗡響，呆若木雞，一定是，我一定是聽錯了。

他媽的，我的耳朵有毛病。

後悔生下陶陶的日子終於來臨。我儲蓄半輩子就是為了她將來升學的費用，但是她偏偏不喜讀書，出盡百寶來出洋相，一波未平，一波又起。

「之後，你不反對吧，小女孩就是愛玩，別像是受了大刺激好不好？喂，不會這樣嚴重吧？」

「你已答應她？」

「我見沒什麼大不了，便簽名擔保。」

我厲聲問：「你沒有想過，一個十七歲女孩子的名字同一個老牌花花公子聯繫在一起之後會發生什麼後果？」

他也不悅，「不，我沒有想過，之俊，我認為你太過慮，也許一般人的聯想力沒有你豐富。」

「表格已經交進去？」

「我不知道，你為什麼不去問陶陶？」

我雙眼發紅，「因為她什麼都不告訴我。」

「那是因為你什麼都反對。」

「可是為什麼她專門做我反對的事？」

「她並沒有作奸犯科，她所做的事，並無異於一般少女所作的事。」

「我不理她，我發誓我從這一刻開始放棄她。」

「這是什麼話？」

我拉開房門。

「之俊，」世球推上房門，「聽我說。」

「我的家事不要你理。」

「你今日是吃了炸藥還是恁地，剛才還發脾氣使小性子，一下子又擺出嚴母款，你身份太多，幾重性格，當心弄得不好，精神崩潰。」

這一日不會遠了。

我問他：「我該怎麼辦？」

「陶陶是應當先與你商量的。」

「不用了，她早已長大。」我木着面孔說。

「不要擔心，這裏頭並沒有黑幕。儘管落選的小妞都說她們沒當選是不肯獻身的緣故，這並不是真的。」

我呆呆的坐着。長了翅膀的小鳥終歸要飛走，我再不放心也只好故作大方。

「之俊，你太難相處，這樣的脾氣若不改，不能怪她同你沒有交通，像她那個年紀的孩子，自尊心最強，自卑感最重，心靈特別脆弱。」

我呆呆的看着窗外。他倒是真了解陶陶。

「隨她去吧，小孩子玩玩，有何不可？不一定選得上，市面上標致玲瓏的女孩兒有很多。」

對。他葉世球應當知道得一清二楚，他每個月都有市場調查報告。

「有事包在我身上。」他拍胸口。

我哼一聲，「豺狼做羔羊的保證人，哈哈哈，笑死我。」

「我像隻狼嗎？」世球洩氣，「憑良心，之俊，我是狼嗎？」他板住我肩膀，看到我眼睛裏去。

我有一絲內疚。說真的，他並不是。

「之俊，做人要講良心，我對你，一絲褻瀆都沒有。」他沮喪的說：「你這樣為難我，是因為我對你好。」

「世球——」我過意不去。

「算了。」他解嘲的說：「之俊，你也夠累的，能夠給你出氣，我視作一種殊榮，你不見得會對每一個人這麼放肆大膽，我們到底是世交。」

「世球，你的器量真大。」

「男人要有個男人的樣子。」世球笑。

世風日下，打女人的男人、罵女人的男人、作弄女人的男人，都還自稱男人，還要看不起女人。

我抬起頭來說：「好吧，你做陶陶的擔保吧。」

他眼睛閃過歡愉，「謝謝你，之俊。」

「你還謝我？」

「我終於取得你的信任。」

人就是這麼怪，他做着耗資上億的生意，沒有人不信他，沒有人看不起他，偏偏他就是重視我對他的看法。

「之俊，我們去吃飯。」

「我要去看我父親。」

「或許我可以在樓下等你，你不會與他一談就三小時吧。」

「他對姓葉的人，很沒有好感。」

「我聽說過。」

「我自己到約定的地方去好了。」

「我堅持要接你。」

「世球，我不介意，我不是公主。」

「但是，每一個同我約會的女子，都是公主。」他溫柔的說。

這個人真有他浪漫之處。

我心內悲愴，但太遲了，我已習慣蓬頭垢面地為生活奔波，目光呆滯，心靈麻木，並不再嚮往做灰姑娘式的貴婦。裝什麼蒜，粉搽得再厚，姿態再擺得嬌柔，骨子裏也還是勞動婦女，不如直爽磊落，利人利己。

父親見到我，很是歡喜，如轉性一般，急急與我說話。

「快中秋了吧，」他說：「我想吃月餅。」

我還以為他有什麼要緊的事，原來是為了零食。

我說：「我同你去買蘇州白蓮蓉。」

「不不，」他連忙擺手，「吃得發悶。」

「那麼火腿月餅。」

「我很咬不動那個，不如買盒雙黃蓮蓉。」

什麼，我不置信，父親一向最恨廣東月餅，揚言一輩子沒見過那麼滑稽兼夾奇異的餅食：試想想，鹹鴨蛋黃夾在甜的蓮蓉裏吃，他一直說看着都倒胃口，居然還賣高價錢。

到今日他忽然有意與廣東人同化，二十年已經過去，在這塊廣東人的地方也住了四分一世紀。

「之後，」他同我說：「你最近瘦很多。」

「我一向這樣子。」

繼母過來湊興，「現在是流行瘦，所以之後看上去年輕。」

「月餅一上市我就帶過來，哈密瓜也有了，文丹多汁，生梨也壯。」

沒說幾句話，父親就覺疲倦，心靈像是已進入另一空間，微瞌着雙眼。他花斑的頭髮欠缺打理，看上去分外蒼老。

我知趣地告辭。

繼母送我出來，「他仍說腰子痛。」

「那麼記得同醫生說。」我叮囑。

她怪心痛，「醫藥費像水般淌出去。」

我不說什麼，過半晌問：「為什麼燈火這麼暗？」在走廊裏看繼母的臉，有點浮腫，面目模糊，好像我從來沒見過這個女人，也不知如何因父親的緣故，與她打起交道來。

「我把燈泡給換了。」

「為什麼？」

「一百火換六十火，省些。」她彷彿不好意思。

「唉呀，哪裏到這種地步了。」

「你不知道，最近你爹怕黑，燈火徹夜不熄。」

我不禁又坐下來，與她四目交投，黯然無言。

她輕輕說：「他也對我好過。」

像無線電廣播劇中女角的獨白。我小時候從未想過上一代也會有這麼多恩怨，我原以為只有最時髦的年輕人才配有感情糾紛。

「……他教我講普通話及滬語，不准我學母親穿唐裝衫褲，叫我別把頭髮用橡筋束起。當時我在出入口行做書記，不是沒有人追求的，但……」

繼母聲音越來越絕望。

這是我第一次得知她與我父親結識的過程。

沉默了許久，我問：「弟弟呢？」

「去看球賽。」她歎口氣，「都不肯躭在家裏。」

我輕輕說：「功課還好吧。」

「父親不逼着問他們功課，反而有進步。」

弟弟向我訴過苦，父親對此刻的數理化一知半解，卻愛考問他們，他的英文帶濃厚的上海口音，他們卻帶粵音，爭個不休。

「你真瘦，之後，自己的身體要當心，你媽也不煮給你吃。」

我啞然失笑，「我也是人的母親，我也並沒有煮給人吃。」

她躊躇半晌，忽然問：「你爹，還會好嗎？」

我很震驚，不知如何回答，呆在那裏。

又過很久，但覺燈光更加昏暗，人更加淒慘，我急於逃避，正式告辭。

愴然逃下樓來，看見世球的笑臉，頗如獲得定心丸。心中嚷：葉世球，這一剎那，如果你向我求婚，我會答應，我會答應。

他一打開車門，我就改變主意。他要的是不同風格的玩伴，我要的只不過是休息，跟結婚有什麼關係？啞然失笑。

他說：「之後，你怎麼了，忽而悲，忽而喜，七情上面，可惜是一齣啞劇。」

我白他一眼。

同他吃飯，不換衣裳是不行的。

我為他套上嶄新白細麻紗旗袍。

換罷衣裳出來，他遞給我一瓶香水。

我一看，驚奇，「狄奧拉瑪。」

「是。」他似做對了事的孩子，驕傲高興。

「不是已經賣斷市不再出產？」我有三分歡喜，「你什麼地方找來，又怎麼知道我喜歡這味道？」

「山人自有妙計。」
「陶陶告訴你的。」
「噓，說穿沒味道。」
我無奈地坐下來，坦白的問：「世球，你真在追求我？」
他又模棱兩可，不予作答。
「我知道，你只是想我領略你的追求術。」
他抱着膝頭看牢我，笑臉盈盈。
同他父親跟我母親一樣，做長期朋友，莫談婚姻。
我太息一聲，「吃飯去吧。」
在館子裏也不太平，數幫人過來同他打招呼，有兩個金頭髮的洋婦，酥胸半露，老把身體往他膀子上擠，對我視若無睹——「勞倫斯，找我，勞倫斯，找我呀。」媚眼一五一十，藍色玻璃眼珠子轉得幾乎沒脫眶而出，我以為只有台灣女人在釣金龜時才有此表情，原來世界大同。
我自顧自據案大嚼，管你哩。

洋的走了來中的，一般地袒胸露臂，肌肉鬆弛，頭髮半遮着面孔，企圖改善面形，掛滿一身水鑽首飾，走起路來如銅匠擔子，「好嗎？勞倫斯。」半帶意外，其實她早三十分鐘就看到他，特地補了粉才過來的。

他把她們都送走，坐下來，對我吐吐舌頭。

我正自己對牢餐牌叫甜品。

「之俊，露些女人味道出來。」

「你放尊重點。」

「惱怒了，是否妒忌？」他大喜過望。

「算了吧，來，選甜品。」

他露出非常失望的神色。

我忍不住笑出來。

這便是葉世球，他喜歡這種遊戲，唉。

百忙中我抽空與陶陶相處了一天，因沒有功課壓迫，她豐滿了，大腿比以前更圓潤，穿條皺紋的牛仔短褲，一件白襯衫，一雙球鞋，揹隻網球袋，全是廉價貨，全副裝備在兩百元以下，全是本市製造的土產，但穿在她身上，看上去就是舒服暢意。

看見她，氣消掉一半。

她用手臂圈住我，嘰嘰呱呱，一路說個不停，跟我講，如果競選不成功，她選擇升學，唸一門普通的科目。

陶陶同我一樣，沒有宏願。

我問她同許導演進展如何。

她答：「他太忙，老擔心票房，缺乏幽默感，說話藝術腔，有一大半我聽不懂，又愛逼我學習，真吃不消。」

我忽然想念這個文藝青年，人家到底是知識分子，迂腐是另外一件事。陶陶下一任男友，真不知是何德行。

我問：「你打算什麼時候結婚？」

陶陶奇道：「不是要我唸書？怎麼又說到結婚。」

「有打算是好的。」

「我不知道，我沒想過，太遠了。結不結都沒有問題，」她笑，「我想多認識朋友，多體會人生。」

她瞇着的雙眼像隻小貓。

接着同我說，她又接拍兩隻廣告，「外婆與我一齊去簽合同，外婆說沒問題，外婆說：博士碩士要多少有多少，可是漂亮的女孩子並不很多，埋沒了可惜。」

她曾是美女，寂寞一生，下意識想外孫女兒替她出淨悶氣。

「初賽是什麼時候？」我無奈的問。

「下個月七號。」

「我要到上頭去工作，不能看你。」

「外婆會得陪我。」她安慰我。

我並不很想看，看她的人已經夠多，出來這大半天，無論在路上，在店舖，在茶座，都有異性轉過頭來張望，面對面迎上同性，那更不得了，幾乎從頂至踵，連她一條毫毛都不放過，細細端詳，不知要從她身上剔出什麼錯來。

這種注目禮，使我渾身不自然，但陶陶卻不覺什麼，渾不介意，難道她真是明星材料。

「萬一當選，會怎麼樣？」我問。

「機會很微，聽說今年的女孩子水準很高，屆時再說。」

「事事自己當心。」我說。

「你放心，媽媽。」

「別太去煩葉世球，到底是外人。」

「呵勞倫斯並不介意，看得出他是熱心人。」

我微笑，對女人，無論是十六或六十歲，葉世球永遠有他的風度，那還用說。

接着陶陶就忙起來，她被選入圍，日日要隨大隊操練，學化妝走路穿衣服，問我借去大旅行袋，天天撲來撲去。

她外婆陪她瞎起勁不止，連阿一都趁熱鬧，熬了滋補的湯等陶陶去喝。

我浩歎，這樣的精力用在恰當的方向，國家就強了。

她們都嫌我，巴不得我被貶滄州，有那麼遠去得那麼遠，少在她們頭上潑冷水。

聽見我要再出發北上，樂得喜不自禁，全部興奮不已。

這就是有工作的好處了，我自嘲，沒人需要我？工作需要我。

這次天氣比上次更壞，大雨傾盆，粗如牛筋，白花花的倒下來，不到二天，有一半人患上感冒，苦不堪言。

我當然首當其衝，頭上像灌着鉛，鼻塞，喉嚨沙啞，影響體力，不過還得撐着做。她們教我吸薄荷提神。

不過這一次大家熟絡，更似兄弟姐妹，辦起事來，效果特佳。

一日下午，世球對我說：「之俊，趁空檔我與你出去蹓躂。」

「我想睡一覺，眼睛澀，胸口悶。」

「真沒出息，傷風而已，哼哼唧唧，鼓一口氣，我帶你到一個好地方，保你認為值得。」

人到中年，除非天賦異稟，往往心靈雖然願意，肉體卻軟弱了，力不從心。

說什麼年紀不重要，心情輕鬆就可以等等，都是假話，根本上我已認為任何新刺激都不再比得上充份舒暢的睡眠。

「我不去。」

「一定要去。」他不放過我，「這是命令，我已租好車子，來回兩小時便可。」

「我不信你敢開除我。」

「別挑戰我！」他惱怒。

我只得跟他上車。

世球不知從什麼地方弄來輛吉甫，一路開離市區，往郊外駛去。開頭尚見到腳踏車群，後來人跡漸稀，我昏昏欲睡，一路上唉聲歎氣，到後來不禁起了疑心。

「去哪兒？」我問。

他獰笑，「帶你這隻懶豬去賣。」

我不在乎，賣得出去是我的榮幸，什麼年紀了。不過嘴裏沒說出來，以免有爛笪笪之感。

我擤鼻涕。

道路開始泥濘，但路邊兩側都植有大樹，樹左旁是一片大湖，水光瀲灩，吸引我目光。

「是往地盤？」我問。

「再過二十分鐘就到。」

嘩，還要二十分鐘，我背脊骨如要折斷，這個玩笑開得不小。

世球遞一隻行軍的水壺給我，我旋開蓋子喝一口，意外地發現是庇利埃礦泉水，心情便輕鬆起來。

我笑說：「我，珍，你，泰山。」

他轉頭看我，「這不是蠻荒，別拿自己的地方來開玩笑。」

他臉容罕見的嚴肅，與平日大不一樣，我噤聲。

車子停在一組村屋前，下車的時候，我幾乎舉不起雙腿。

雨停了，但隆隆雷聲自遠處傳來，隨時會再下雨。

世球與迎出來的當地人交談一陣，然後過來叫我隨他上山。

山！

我仰頭看着那行近千級的石階梯發呆。

世球握我的手拉我上去。我咬咬牙，邁上第一級。

頭十分鐘我幾乎沒昏厥，氣喘如牛，肺像是要炸開來，雙膝發軟。

世球容忍地等我回過氣來。

我心中咕噥，要賣，總也有近一點的人口市場，何苦折磨我。

說也奇怪，繼續下來的十分鐘，走順了氣，慢慢的，一步一步向上，反而覺得神清氣朗，鼻子通順，頭也沒有那麼重，出了一身汗後，腳步也開始輕。

世球一直拉着我的手，他停下來，向前一指，「看。」

我抬頭。

在我們面前，是座典型的中國古代建築物，佔地甚廣，隱隱的亭台樓閣向後伸展，不知有多少進，都遮在百年大樹之中，無數鳥鳴與清新空氣使我覺得恍如進入仙境，但畢竟紅牆綠瓦都舊了，且有三分剝落，細細觀察之下，木樑也蛀蝕得很厲害。

我坐下擦汗。

世球興奮的問：「如何？」

「這是什麼地方？」我所知的，不外是祈年殿及太和殿。

世球溫和的答：「你這個知識貧乏的小女人。」

我只得苦笑：「請賜教。」

「這是鼎鼎大名的佛香閣，清康熙四十二年建成，至今已有二百八十多年的歷史。」

我並沒有感動，數百年對我們來說，算什麼一回事。

他帶我來這裏幹什麼，難道這是華之傑另一項工程？

「有關方面跟我接觸，他們請我們復修這座佛香閣。」

我緩緩站起來，意外得張大嘴。

他？這個錦衣美食的大都會花花公子，竟會動起為大眾服務的念頭來？

他說：「來，之俊，我帶你去參觀，這曾是帝王公侯避暑的別墅。」

我忘記疲勞，身不由主地隨他進入大門，且有工作人員來帶引。

來到殿中央，抬頭只看見使人眼花繚亂的藻井及斗拱，層層疊疊，瑰麗萬分，我感染到世球的興奮，真的，二百八十多年，還這麼堂皇壯麗。

世球一路為我解引，「向上看，依次序我們經過的是隨樑枋、五架樑、上金枋，左邊是穿插枋、抱頭樑，過去是角背、脊爪柱，尖頂上是扶脊木與脊墊板。」

我仰頭看得脖子痠軟。

工作人員甲笑着説出我心中話：「沒想到葉先生對古代建築這麼熟悉。」

世球永遠忘不了向女性炫耀，他用手托住正樑，一一指出，「這是額枋，那是雀替，上面是坐斗，那三個分別是正心瓜拱、正心萬拱及外洩廂拱，由柱礎到拱墊板，起碼有三十個以上的斗拱組合。」

聽得我頭暈眼花，也虧他記性這麼好。看得出是真正熱愛古代建築藝術的。

工作人員乙説：「內室的懸臂樑已經蛀通，毀壞情形嚴重。」

甲又説：「聽説葉先生在大學裏做過一篇報告，是有關雀替的演變。」

世球答：「呵是。」

我又被印象騙了。

世球輕聲對我說：「在交角的地方，雀替是不可缺少之物，由於所在的位置不同，就產生不同的要求，結果就出現各種形式風格的雀替，真要研究，可寫本論文。」

「呵。」我朝他眏眏眼。

走到一列雕花的落地長窗門之前，我讚歎手工花式之巧妙，世球兩手繞在背後，不肯再說，他氣我適才擠眉弄眼。

幸虧員工甲向他說：「這一排四抹格扇也殘舊了，尤其是花心部份，有數種圖案特別容易破：三交燈毬、六椀菱花及毬文菱花都叫人傷腦筋。」

我們一直走至戶外，他們繼續討論屋頂上的整套垂獸，世球真是滾瓜爛熟，什麼仙人在前，一龍兩鳳三獅子四海馬五天馬六神魚七狻猊，以至三角頂角上的惹草及懸魚圖案。

世球完全熟行，與他對付女人一樣游刃有餘。

本事他不是沒有的，我一向知道，沒想到他肯在這方面用功。
在回程中我真正筋疲力盡，在吉甫車上，裹着張毯子就睡着了。
大雨濺在車頂上噼哩啪啦如下了場雹子，我驚醒，但兩人都沒有說話。
隔很久，他問：「你不相信我的誠意？」
我答：「總得有人留下來，沒想到會是你。」
「你肯不肯陪我回來，住上一年半載，與我一起進行這項工程？」世球說。
我沉默。
「怕吃苦？」
「不是。」
「怕我修完佛香閣再去修圓明三園？」他的幽默感又回來。
「也不是。」
「之俊，遲疑會害你一生。」
我不語。
「是否需要更大的保障？」

我笑一笑。

「我不會虧待你，之後，你是藝術家，長期為生活委屈對你來說是很痛苦的事，你所希冀的白色屋子，我可以替你辦到。我知道什麼地方有畢加索設計的背椅，以及五十年代法式狄可藝術的寫字枱。」

然後我就變成第二個關太太，他榜上第一百〇三位女朋友。

我說：「太累了，這麼疲倦，不適宜做決定。」

「女人都嚮往婚姻。」

「世球，有什麼話，明天再說。」

我逃進酒店房間。

第二天肌肉過度疲勞，連穿衣服都有困難，昨天運動過度，萎縮的四肢不勝負荷，今日痠痛大作，臉色慘綠，無論撲多少胭脂，一下子被皮膚吸收，依然故我，一片灰黯。

我不禁澹然地笑，不久之前，還年輕的時候，三天只睡兩次也綽綽有餘，如今只去行行山，便有這樣的後果。

結構工程師在走廊看見我，嚇一跳，「之後，你眼睛都腫了，怎麼搞的。」

「累呀。」我微弱地訴苦。

「更累的日子要跟着來，」她拍我肩膀，「真的開工，咱們就得打扮得像女兵。」

我陪笑。

在電梯中巧遇世球，他看我一眼，低聲問：「一整夜沒睡？」

我不去理他。

工程師彷彿什麼都知道，會心微笑。這早晚大概誰都曉得了，就是不明白怎麼葉世球會得看上如此阿姆。

會議完畢，我照例被香煙薰得七葷八素，幸虧一切順利，增加三分精神，否則暈倒都有份。

助手在張羅代用券，一下不肯甜下來，非得出去逛市場買東西，世球取出最新的旅行支票給她們，換回歡呼之聲。

他同我說：「你還是回房休息吧。」

瞧，尚未得手就要冷落我。

雨仍然沒停，卻絲毫沒有秋意，街道上擠滿穿玻璃塑膠雨衣的騎腳踏車者，按着鈴，啲鈴鈴，啲鈴鈴。

小時候我也有部三輪車，後來葉伯伯花一塊半替我買來一隻英雄牌按鈴，裝在扶手上，非常神氣，光亮的金屬面可以照得見臉蛋，略如哈哈鏡，但不失清晰。

一晃眼就老了。

「之俊。」

我沒有回頭，「你沒有同她們出去？」

「去哪裏？」

我回頭，一看，卻是葉成秋。

再有芥蒂也禁不住意外地叫出來，「葉伯伯，你也來了。」

「你把我當誰？」他問。

「當世球呀，你們的聲音好像。」

「你沒有跟他們出去玩？」
「他們去哪裏？」
「去豫園。」
我問：「你怎麼趕了來？」
「來簽幾張合同。」他說：「之後，你臉色很壞。」
每個人都看出來。
知子莫若父的樣子，他玩笑地說：「他沒有騷擾你吧？」
我笑，「這邊女將如雲，輪不着我。」
「你不給他機會而已。」
我把題目岔開去，「你是幾時到的？」
「十分鐘之前。」
「不休息？」
「身子還不至於那麼衰退。來，帶你去觀光。」
「什麼地方？」我好奇。

「我帶你去看我的老家。」

我倒是願意看看是否如傳說中般窩囊。

一出酒店大門，葉伯伯那部慣用的黑色房車駛過來。

咦，噫，有錢好辦事。

他對我說：「我的老家，在以前的邢家宅路。」

我一點概念都沒有。你同我說康道蒂大道、仙打諾惹路，甚至邦街，我都還熟一些。

葉成秋微笑，他知道我想什麼。

他精神奕奕，胸有成竹，根本不似年過半百。

到達他故居的時候，天還沒有全黑，他領我進去，扶我走上樓梯。

他指着一排信箱說：「我第一個認得的字，是陳，有一封信豎插在信箱外，我當時被小大姐抱在手中，順口讀出來，被視為神童。」

「那你們環境也還過得去，還僱得起小大姐。」

他雙手插在口袋裏，微笑。

「你常來？」

「嗯。」

「為什麼？」

「你母親好幾次在此間等我，那時家裏緊逼她，我兩個弟弟常常在梯間遇見她。」

我不由得幫我母親說話：「小姑娘，好欺侮。」

「後來她終於嫁到香港，我父母鬆口氣。」

「干他們什麼事？」

「家裏無端端落一隻鳳凰下來，多麼難堪。」

話說到一半，木門打開，一個小女孩子邊攏着頭髮邊咕噥：「介熱叫我穿絨線衫，神經病。」也不朝我們看，自顧自落樓梯。她母親尷尬地站在門口，忽而看到生人，神色疑惑起來。

葉成秋說下去：「這上面有曬台，不過走不上去。」

「我們折回吧。」我忍不住說一句：「你應同我母來這裏。」

他與我走下樓梯。「但是葛芬反而並不像她自己。」

「什麼？」這話太難懂。

「她一到香港，時髦得不像她自己，成日學嘉麗斯姬莉打扮，小上衣，大蓬裙，頭上綁塊絲巾，我幾乎都不認識她了。」

「摩登才好，我一向引她為榮。我一直記得但凡尤敏有的大衣，她也有一件，一般是造寸訂做。」

「此刻你站在這裏，最像她。」

我有一絲預感，但我一向是個多心的人。

「不，我不像，怎麼可能呢？我是三十多歲的人了。我們回去吧。」

在車子裏太過靜默，我隨便找個話題，「什麼叫洋涇浜？」

「一條河。」

「不，洋涇浜英文。」

「洋涇浜是真有的，」他說：「在英法租界之間的一條小河，填沒後便叫愛多亞路，愛多亞便是愛德華，現在稱延安東路。」

「呵，那洋涇浜英文是否該處發源？」

「你這孩子。」他笑，「大凡發音不準之英語，皆屬此類。」

「你舉個例來聽聽。」

「唔，像『格洛賽姆』：那一堆書格洛賽姆給我，就是All Together，全部的意思。」

「噫！格洛賽姆。」

「老闆差小童去買North China日報，伊就索性問有沒有老槍日報。這也是洋涇浜英語。」

「真有天才。」我驚歎，「你一定懷念這塊地方。」

他聳聳肩，車子已經到酒店。

我問：「你與我們一起返港？」

「不，你們先走，世球陪我。」

世球在酒店大堂等我，箭步上來，「你這麼累還到處跑——」隨即看到他老子在我身後，立刻噤聲。

我示威地揚揚下巴。

第二天我們帶着底稿回家，要開始辦貨，壓力更大，非世球支持不可，我有點信心不夠。

但不能露出來，否則葉世球更要乘虛而入。

家永遠是最甜蜜的地方，陶陶在等我，見到我便尖叫「我入選了我入選了」。

陶陶把一大疊報紙雜誌堆在我面前，本本有她的圖文，連我都連帶感染着興奮。

她極得人緣，報導寫得她很好。略為翻閱，只覺照片拍得很理想，比真人還好看。

我一邊淋浴，陶陶便一邊坐在浴間與我說話，嘩啦嘩啦，什麼明報的記者姐姐讚她皮膚最美，而明周下期要為她做封面。

我邊聽邊笑，唉，一個人這樣高興，到底是難得的，我也不再後悔答允她參賽。

決賽是兩週之俊，她說她拿第三名已經心足。

「他們都說我不夠成熟，初賽如果抽到紫色晚裝又好些，偏偏是粉紅的。」

我隨口問：「格洛賽姆你得什麼分數？」

「嗄？」

我笑，笑自己活學活用。

「媽媽，你不在的時候有人找你找得很急，一天三次。」

「誰？」

「那人姓英，叫英念智。」

香皂失手跌進浴缸，我踩上去，滑一跤，轟然摔在水中，陶陶嚇得叫起來，連忙拉開浴簾。

「媽媽，你這副老骨頭要當心。」她扶起我。

我手肘足踭痛入心肺，不知摔壞哪裏，連忙穿上浴袍。

「媽媽，要不要看醫生？」

「不用緊張。」我呻吟。

「真是樂極生悲。」

「陶陶，電話可是本市打來的？」

「什麼電話？」

「姓英的那個人。」

「哦，是，他住在麗晶，十萬分火急的找你。」

我平躺在床上，右腿似癱瘓。

「我幫你搽跌打酒，阿一有瓶藥酒最靈光。」她跑出去找。

阿一初來上工，母親奇問：「你的名字怎麼叫阿一？」

阿一非常坦白，說道：「我好認第一，便索性叫阿一，好讓世人不得不叫我阿一。」

真是好辦法。

那時陶陶還沒有出世，現在十七歲半了，他們終於找上門來。

「來，我幫你搽。」

我心亂如麻，緊緊握住陶陶的手。

「媽，你好痛？痛出眼淚來了。」

「陶陶。」

「媽，我去找外婆來。」

「外婆懂什麼，你去叫醫生。」我額頭上的汗如豆大。

「好。」她又撲出去撥電話。

醫生駕到，檢查一番，頗認為我們母女小題大做，狠狠索取出診費用，留下藥品便離開。

我躺在床上徬徨一整夜，驚醒五百次，次次都彷彿聽見門鈴電話鈴響，坐直身子側起耳朵聆聽，又聽不見什麼，我神經衰弱到了極點。

到天亮才倦極而睡，電話鈴卻真的大響起來。

我抓過話筒，聽到我最怕的聲音，「之俊？之俊？」

不應是不成的，我只得說：「我是。」

「之俊，」那邊如釋重負，「我是英念智，你難道沒有收到我的電報？」

我盡量放鬆聲音，「我忙。」

「之倹，我想跟你面對面講清楚。」
「電話説不可以嗎？」
「之倹，這件事還是面對面說的好。」
「我認為不需要面對面，我的答案很簡單：不。」
「之倹，我知道你很吃了一點苦，但是這裏面豈真的毫無商量餘地？」
「沒有。」
「見面再說可以嗎？我是專程來看你的，你能否撥十分鐘出來？」
推無可推，我問：「你住在麗晶？」
約好在咖啡廳見面。
我大腿與小手臂都有大片瘀青，只得穿寬大的工作服。
我準時到達。我一向覺得遲到可恥，但是我心胸不夠開展，容不得一點事，於此也就可見一斑。
他還沒有下來。
我自顧自叫杯茶喝。

我心中沒有記仇，沒有憤恨，沒有怨懟，英念智在我來說，跟一個陌生人沒有什麼兩樣，但是他提出的要求，我不會答允，除非等我死後，才會有可能。

我呆着面孔直坐了十分鐘，怎麼，我看看錶，是他退縮，是他不敢來？不會吧。

剛在猶疑，有位女客過來問：「請問是不是楊小姐？」

她本來坐另一張桌子，一直在我左方。

我不認得她，我點點頭。

她鬆口氣，「我們在那邊等你，」她轉過頭去，「念智，這邊。」

我跟她的目光看過去，只見一個微微發胖的中年男人急急的過來。

我呆視他，我一進來這個人就坐在那裏，但我沒有注意他，我壓根兒沒想到這個人會是英念智。

怎麼搞的，他什麼時候長出一個肚腩來，又什麼時候禿掉頭髮，當年的體健將怎麼會變成這個樣子。

我錯愕到失態，瞪大眼看着他。

他很緊張，陪笑說：「我們在那邊坐，我是覺得像，但不信你這麼年輕。」一邊又介紹說：「這是拙荊。」

拙荊？哦，是，那是妻子的意思，老一派人愛來這一套，什麼小犬、內人、外子之類。

他如何會這麼老了？完全是中年人，甚至比葉伯伯還更露痕跡。

我不由得做起心算來，我十七時他廿七，是，今年有四十五歲了。

他們夫妻倆在我面前坐下，顯然比我更無措，我靜下心來。

「之俊，」英念智搓着雙手，「你看上去頂多廿八九歲，我們不敢相認。」

我板着臉看他的拙荊。

「真的，」英妻亦附和，「沒想到你這麼年輕。」

她是個很得體的太太，穿戴整齊，但你不能期望北美洲小鎮裏的女人打扮得跟本市婦女一樣時髦。大體上雖然不差，但在配件上就落伍，手袋鞋子式樣都過時。

英念智囁嚅良久，終於開口：「孩子叫什麼名字？」

「叫陶陶。」我答。

那太太問：「英陶？」

「不，楊陶。」

「之俊，我已知道是個女孩子，我能否見一見她？」

「不。」

英念智很激動，「她也是我的孩子。」

我冷靜的看着他，「五年前當你知道你不能生育的時候，她才開始是你的孩子。」

「胡說，之俊，在這之前，我根本不知道你懷有孩子。」

「以前的事，多講無謂，」我斬釘截鐵般說：「陶陶是我的，事情就這麼簡單，等我死了，陶陶才可見你。」

「之俊，你何必這樣說話，何苦這樣詛咒自己——」

我受不了他的婆媽，打斷他，「我已經把話說完，你把官司打到樞密院去我也是這麼說。」

「我到底是孩子的父親！」
「孩子的父親可以是任何人。」我毫不動容。
「或者她願意見我。」
「你憑什麼認為她願意見你？」
「我是她父親。」他說來說去只此一句。
「但是她從來沒見過父親，也絕無此需要。」
「你大概已經告訴她我已得病身亡了吧？」
「我沒有那麼戲劇化。」
英妻連忙打圓場，「我們不要吵。」
我對她之大方頗具好感，但必須申明，「我不過是有話直說，要我把陶陶交出來，絕無可能。」
三個人沉默許久。
咖啡座陽光很好，玻璃窗外海景迷人，但我們都沒有心情去欣賞。
過一會兒，英太太緩緩說：「我與念智都是四十餘歲的人了，不能生育，叫我們放棄這孩子，是很殘忍的事。」

我冷冷的說：「這地球上有多少沒有人要的孩子，心境寬廣的人可以人棄我取。」

「但誰不偏愛自己的骨肉？」

「說得好，陶陶由我一手帶大撫養，有我十八年的心血辛勞，我並不打算向任何人訴苦，但你們可以想像一個十八歲的未婚母親要經歷些什麼才可以養育她的孩子成人。」

他們兩夫妻並不是壞人，臉上露出惻然之色。

英念智更用雙手幪着臉。

我輕聲說：「你們就當這件事沒發生過。你現在是堂堂的英教授，在學術界也很有點名氣，鬧上公堂，大家不便，你也看得出我是不會放棄陶陶的，她是我唯一的樂趣，她是我的一切，我並沒有結婚，我一直與她相依為命。」我越說越老土。

英太太說：「他到底是孩子的爸爸。」

「孩子是孩子，他爸爸是另外一個人，他母親也是另外一個人，請勿混為一談。」

「之俊，沒想到你這麼新派，這麼堅決，」英太太忍不住說：「我原以為，你同我們差不多年紀，思想也與我們差不多，這件事情，還有轉彎的機會。」

早就沒有了，早在我決定把陶陶生下來，一切苦果自身擔當的時候，已經沒有任何餘地。

我看住英太太，「你呢，你怎麼會同他在這裏，你擔任一個什麼角色？」

她容忍地微笑，「我愛我的丈夫。」

「呵，他真是個幸福的人。」我拿起手袋，「我有事，得先走一步。」

「之俊，」英太太像個老朋友似叫住我，「之俊，你總得讓我們見見她。」

我微微一笑，「不。」

「之俊——」

我向他們點點頭，便離開他們的桌子。

我並沒有立刻打道回府。

我在附近商場逛了很久，冷血地，平靜地，緩緩挑選一條鱷魚皮帶來配襯冬天的呢裙子。

剛才我做得很好。捫心自問，我一點不氣，一點不恨，一點不怒。叫我交出陶陶，那是沒有可能的事。

自五年前他就走錯第一步，他不該來封信要求索回陶陶，我聘請大律師覆得一清二楚，他毫無機會獲得領養權。

於是他又自作多情，以為我恨他，伺機報復——十八年後，那怨婦，那得不到愛情的女人終於有機會跟那負心漢討價還價了。

不不不，事情不是這樣的，母親與葉伯伯最明白不過，從頭到尾，我沒有愛過英念智，亦沒有恨過他。

人最大的毛病是以為愛的反面即是恨，恨的世界，人人恨得臉色灰敗，五臟流血，繼而聯想到，我之不婚，也是為着他，五年來他漸漸自我膨脹，認為遠處有一個怨女直為他糟塌了一生。

他中了文藝小說的毒。

十八年來我很少想到他，只怕失去陶陶，同時為他不停的騷擾而煩惱，我慶幸今日終於攤了牌。

這件事，有機會，我會同陶陶説。

我致電華之傑，私人秘書告訴我，葉成秋隔幾天才回來。

我去探望母親。

母女倆情緒同樣的壞。

都是為着男人，過去的男人，此刻的男人，你若不控制他們，就會被他們控制。

她説：「看你這種神色，就知你見過英念智。」

「是的。」

「他仍然企圖説服你？」

「還帶着妻子來，老太多了，我沒把他認出來。」

母親忽然説：「你有否發覺，除去香港，其他地方都催人老，好端端的女孩子，嫁到外國不到三年，便變得又老又胖又土，怎麼回事？」

確有這個現象。

即使去升學也不能免俗，生活其實很苦，吃得極壞，但是一個個都肥腫着回來，村裏村氣，有些連臉頰都紅撲撲，更像鄉下人。

我說：「健康呀。」

「可是也不必壯健到那種地步，他們到底在外國幹什麼，砸鐵還是擔泥？」

大概要請教英念智。

「香港人腦細胞的死亡率大概佔全球之冠，」我說：「特多蒼白厭世的面孔，很少有人胖得起來。」

母親端詳我，「你也是其中一分子。」

「習慣。雖非工作狂，出力辦事時也有份滿足感，蹲在廚房洗盤碗也容易過一日，不如外出拼勁。」

「在我那時候，年輕女人並沒有什麼事可做，」母親太息說：「幼稚園教師或許，但非常腌臢。」

她與爹都不肯自底層開始。也難怪，那樣的出身，目前已經是最大委屈，低無可低。

母親說：「如果十八年前一個電報把英念智叫回來，你的一生便得重寫。」

「你以為一個電報他會回來？」我淡然說：「他若這麼簡單，也不會在白人社會中爬到今日的地位。」

「你一直沒有後悔？」

這叫我怎麼回答。

我若無其事地說：「沒有空，即使往回想，頂多想至上兩個月已經睡着。」

母親靜默一會兒：「我卻能夠一追推想到四十年前，」她歎息一聲，「幼時陪你外公觀京劇，什麼武的楊小樓、老旦龔雲甫、青衣王瑤卿梅蘭芳、小生德珺如、刀馬旦九陣風、丑生王長林……之後，我這生還沒有開始就完結了。」

我拍一拍沙發墊子，無奈的說：「不是每個人都可以名留青史的。」

「至少你投入過社會，即使做螺絲釘也出過力。」

我微笑，「女人在社會上也不止是螺絲釘了。」

她看着窗外發呆。

我說：「在家躭着，比較經老。」

「才怪，有事業的男女才具風華。」

「陶陶呢？」

「忙綵排。」

「有無內定？」

「她的分數很高，其他女孩說內定是她，可是她卻說機會均等。」

「那些女孩子好不好看？」

「真人一個個粉妝玉琢，即使五官不突出，身材也高大碩健，都有資格選美腿皇后。」

我笑，「給你你選誰？」

答案自然是：「陶陶。」

有位專欄作者說陶陶特別親善大方，說話極有紋路。

她？

我茫然，難道陶陶遇風而長，一接觸社會就成熟？

我回華之傑辦公。

寬大的繪圖室只有我一個人，小廝替我做一大杯牛奶咖啡，我慢吞吞地琢磨酒店床單的質素。

室內光線很柔和，葉成秋說的，如今很多中年女人當權，務必使她們在辦公室內覺得舒適，千萬勿令她們擔心光線使皺紋顯露。

「之俊。」

我在旋轉椅上廻身。

是英念智的妻子，她居然摸上門來。

我忍不住露出戒備及厭惡的神色，這個女人對丈夫愚忠，很難應付。

「工作環境真好，之俊，你真能幹。」

她一直捧我，不外是要爭取我好感。

我不出聲。

她聳聳肩，「我知道你不喜歡我。」自己坐下來。

她忽然看到我放在案頭的照片。

「是陶陶？」她取起看，「啊，這麼大這麼漂亮，是的，是該讓念智痛苦後悔，他沒有盡責任，他——」

「看，英太太，我正在忙。」我逐客。

她放下相架。

她握着雙手，指節很大很粗，二十年家務下來，一雙手就是這個樣子。我發覺她臉上搽的粉比皮膚顏色淺一號，像浮在半空，沒有接觸，在超級市場架子上買化妝品往往有此弊端。

「有秋意了。」她尚無離去之意。

我放下鉛筆，「你到底想怎麼樣？」

她說：「這次念智回來，是應大學禮聘，當一年客座。」

「啊，大把時間與我爭陶陶，可是這意思？」

「之後，念智並不失禮陶陶呀，他有正當職業，拿美國護照，我們在彼邦有花園洋房，兩部汽車，陶陶要是願意，可以立刻由我們辦理升學手續。」

我盡量冷靜，「陶陶不需要這些。」

「你問過她嗎？」
「她的大學學費，我早給她籌下，她不愛去西部小鎮墾荒，要去，將來會到蒙古利亞去。」
「你真淺見，之俊，孩子總得趁現在送出去，否則她會怨你。」
我站起來，「英太太，我送你出去，我看你是忘記電梯在哪兒了。」
我自高櫈上跳下，為她推開繪圖室大門。
「之俊，把她交給念智，她便可以享現成的福，我們在美國什麼都有——」
是，什麼都有，去污粉、抽水馬桶、陽光、新奇士、跳蚤、十三點。
「英太太，你有完沒完？」我都幾乎聲淚俱下。
她惋惜的看着我，一副「朽木不可雕也」之表情，終於不得不離開。
她應該在花旗國旅遊協會當主席。
我吁出一口氣，點上一支薄荷煙，喝口咖啡。
「媽媽。」
「咦，陶陶，你怎麼來了。」

我緊緊握住她的手。

她穿件利工民線衫，工人褲，長髮挑出一角，用七彩橡筋紮着條辮子。

身後跟着個小姑娘，一看就知道是記者，打扮樸素，相機布袋。

我表情轉得個快，馬上替她們叫飲料，一邊問：「陶陶，大會不是不讓你們接見記者？」

「沒有關係，」陶陶機智的說：「這位鍾姐姐會把訪問寫得似路邊社消息一樣。」

我張大嘴，啊，陶陶這麼滑頭。

鍾小姐像是對我產生莫大興趣，「楊太太，真沒想到你這麼年輕。」

陶陶笑着更正，「我母親是楊小姐。」

記者問：「可否讓我拍張照片？」

「不不不，」我害怕，「我不慣。」

「媽媽。」陶陶懇求，「沒關係，生活照。」

陶陶已經用手搭住我肩膀，把咖啡杯擱我手中，逗我說話，「看我這裏，媽媽，別緊張。」

我把臉側向她那邊，說時遲那時快，鍾小姐按下快門，拍了十餘廿張照片。

陶陶完全是個機會主義者，精靈地賣乖，「謝謝鍾姐姐，媽媽，鍾姐姐對我最好最好。」

她比我還在行呢。

記者問：「你是楊陶的提名人？」

「不是。」

「你不贊成？」

「不，我當然贊成，但我沒有提名陶陶。」

「誰是她的提名人？」

這不是訪問嗎，將來都會黑字白紙的出現在刊物上，供全市市民傳閱，我猶疑起來。

「聽說是勞倫斯葉是不是？」

這是事實，我只得說：「是。」

鍾小姐追問下去：「府上同葉先生有什麼關係？」

陶陶搶着說：「我們兩家一直是朋友。」

「華之傑公司是葉氏的產業？」鍾小姐又問。

我連忙說：「不如談談陶陶本人，好不好？」

「身為楊陶的母親，你認為她是不是最漂亮的女孩子？」

我禁不住看着陶陶笑，「漂亮倒說不上，但很少有人穿幾塊錢一件的T恤在清晨七時看上去如她那麼精神。」

鍾小姐也笑，「這句話可圈可點。」

陶陶拖着我的手，「媽媽，我們先走一步。」

鍾小姐說：「再讓我拍幾張獨家照片。」

陶陶做出為難的樣子來，「拍多了大會要起疑心的。」

那個鍾小姐也很明白，笑笑地收好相機。

陶陶與她似一陣風地的捲走。

沒想到陶陶這麼會應對，這麼會討人歡喜，這麼人小鬼大。

我可以放心了。

坐在高櫈上，我驚喜交集。

我脫身了，我終於自由，陶陶已能夠單獨生存，不再需要我一寸一寸地呵護，做母親的職責暫告一段落，十多年來的擔子卸下，現在我有大把時間，我連忙找來面鏡子，照住面孔：還不太老，還沒有雙下巴，眼袋尚不太顯，頭髮也烏亮。

這可以是一個新的開始，我要趁此良機做回我自己，讓我想，我是在什麼地方放下我自己的？現在可以拾回來，接駁住，做下去。

我還在盛年，著名的花花公子也被我吸引，事情還不太壞，每朵烏雲都鑲有銀邊，陶陶長大後固然要離我而去，但這未嘗不是好事。

讓我想，我至大的願望是什麼？

我興奮地取出胭脂盒子，打開來，用手指抹上顏色，往頰上敷，橘黃色已經過時，聽說現在流行玫瑰紫，要記得去買。

十六七歲的時候，我最大的夢想是隨國家地理雜誌協會私奔，去到無邊無涯的天之尖，海之角，追求浪漫的科學家，與他們潛至海洋至深處與水母共舞，或是去到戈壁，黃沙遍野，找尋失落的文明，還有在北冰洋依偎觀察幻彩之極光……

我也曾是個富幻想的孩子，然而剎那芳華，紅顏轉眼老，壯志被生活消耗殆盡，如今我「成熟」了，做着一切合規格的事，不再叫父母擔心，旁人點頭稱善，認為我終於修成正果，但我心寂寞啊！

現在我已經沒有身份，我又不是人妻，母親與陶陶幾次三番囑我少管閒事，我愛做什麼就可以再做什麼，大把自由。

可憐已受束縛太久，一時不知如何利用機會。慢慢來，我放下鏡子，之俊，我同我自己說：慢慢來，莫心焦。

我伸個大大的懶腰，深呼吸，坐下來，拾回鉛筆。

我的頓悟在這一刹那。

我與陶陶的照片及訪問不久就出現在雜誌上。

母親最興奮，全剪下來，貼拍紙簿上。

她已經為陶陶儲滿兩大本。

陶陶最近一到家就爭取睡眠，像隻粉紅色小豬，纏着毛巾被，打雷都不醒，睡姿可愛，令我忍不住尚要緊緊摟住她深吻。

母親說：「你表現大佳，與陶陶很合作。」

「我看開了，我總得支持她，」我放下剪貼簿，「條條大路通羅馬，不一定要讀大學，文憑也不一定萬歲，最要緊是她開心。」

「喲，怎麼忽然這麼通情達理？」

我指指腦袋，「想破頭才得道的。反正讀書是唯一在年老時做更能獲得讚賞的事，與其臨老出鋒頭、談戀愛，不如趁年輕做妥，老了可以大大方方，舒舒服服進學堂。」

「現在流行什麼都倒過來做。」母親說：「先結婚生子，再專心事業，最後才進修，有什麼不好？沒有法例限死事事要順序。」

陶陶忽兒自沙發躍起，哈哈大笑，一邊拍手，「好了好了，媽媽終於站到我這邊來了。」

我啼笑皆非。

陶陶進行決賽那夜，我那張票子作廢，我沒有出席。

父親進醫院再度接受檢查，發覺癌細胞擴散到肝部。醫生說：他尚有六個月。

我受過度震盪，雙手抓緊病床的鐵柱，眼看指節用力過度而發白，魂魄悠悠離身軀而去，默然飛返蒼白的童年。

阿一催我：「叫爸爸。」

我總不肯叫。那個髮蠟驚人地香的男人，並不與我們同住，他是我父親？

小學兩年級作文，在日記一則中我這樣寫：「每星期天，我由一姐帶着去看父親，父親住在北角，需要乘車二十分鐘。」被作文老師譏為無稽。

也難怪，那時不作興離婚。

當全班得悉我不與父親同住的時候，年幼的我頗受歧視，同學都不肯與那身世奇突的上海妹玩耍，我被處於孤立狀態，恨父親，也恨母親。

在病床上，父親接受注射後昏睡，表情有點痛苦，枕頭上仍然散發那股熟悉的香味，十多歲時我一聞到便會縮鼻子皺眉頭。

他仍是我父親，無論怎麼樣，他還是我父親。

繼母痛哭，眼淚鼻涕齊下，她的恐懼是真實的，如一般倚賴男人為生的婦女，丈夫便是主宰，她的時間賣於家庭，福利要靠雙手把握機會去撈，並沒有勞工保障。

我很同情她。她把身子緊緊靠着我，像在大海中遇溺，抓住浮泡一般。

我去銀行取出存款，這原是陶陶的大學學費，沒奈何，也得暫且挪動。

忽兒想起從前有一位同事，嚮往赴歐旅行，多年辛勞儲蓄，結果長輩逝世，一筆勾銷，她曾苦笑對我說：這是什麼時勢，死人都死不起。

款子交在繼母手中，她淚眼昏花地感激，並說：「你父一定還有若干金子，你去問他要，他不會不說，他應該交給你的。」心亂話也亂。

陶陶榮獲亞軍，在我心中也就沒有引起太大的波動。

她一夜成名。

母親名正言順成為她的顧問，她似獲得重生，活力充沛。

我與葉成秋一起觀賞決賽夜的錄影節目。

「唉，」葉成秋一邊笑一邊歎息，「這便是我的小陶陶？穿起旗袍來堪稱風華絕代，唉呀唉呀。」

他並不介意陶陶對外表揚葉楊兩家的深切交情。

陶陶太知道什麼可加利用，使她更加突出。

葉成秋並不是首席富豪，但到底開着寶號做着生意，是個殷實商人，有這樣的後台，會得增加陶陶的社會地位。

濃妝下的陶陶明艷照人，有一場歌舞，由她擔任主角，穿着如泳裝般暴露的亮片舞衣，跳出熱舞，動作不是不猥褻的，但不知恁地，由她來做，只覺三分性感，七分天真，一點也不肉麻。

她並不懂唱歌，五音不全，不過是哼哼，但誰在乎？那麼修長圓潤的大腿，那麼可愛的面孔，粉妝玉琢的一個青春玉女，向你呈現她最好的天賦，觀眾還能怎麼樣？

我看得很是激動，這一剎那，連我都被她迷倒了。

葉成秋告訴我：「那夜世球去負責接送。」

我不出聲。

「之俊，冠蓋滿京華，」葉成秋笑，「你何故獨憔悴？」

「我父親的病……」

「不獨是因為你父親，這些年來，你一直沒有原諒你自己。」

我怔怔的笑，「這話越說越玄，我幹嘛不原諒自己？天下人都會來不及的為自身開脫，我還沒見過不急急原諒自己的人。」

葉成秋凝視我，「自從英念智離開，陶陶出生之後，你就巴不得往頭上套隻麵粉袋做人，哪個男人肯多看你一眼，你就雙眼放出毒箭，誰要是膽敢碰你一下，你就得取出小刀子捅人，人約會你，你當是侮辱，跟你說笑，你就要痛哭，為什麼，之後，你要完全孤立自己，鑽在牛角尖內？」

過很久很久，我說：「我怕。」

「不必怕成那樣。」

我怕一放肆就成為老來騷，老得起了繭了還到處惹笑。

我用雙手掩着面孔。

「這也是你的慣性動作。」葉成秋拉開我的手。

他說得對，無論是興奮、悲傷、疲倦、緊張，我都會用手去遮住面孔，像一些人啃指頭，是個沒有自信的動作。

因此我不能化妝，用手一擦，就糊掉，怎麼上粉呢？

我強笑，「葉伯伯現在才要改造我？」

他看着我，良久不作聲，眼神中有許多憐愛的神色。他說：「不，你這樣很好，難得看到一個虛心的女子，此刻本市充塞着有野心無才能的女人，我情願你像你這樣。」

我苦笑。

「你不能再瘦了。」他起來關掉電視機。

我說：「撇開我體重不說，你有什麼計劃沒有？」

「我老了，之俊。」

「沒有，你沒有。」

他仰起頭笑，「我又何嘗肯認老，歲月不饒我有什麼辦法，晚上睡熟了，臉上被枕頭壓到的凹紋至中午尚不褪，皮膚已失卻彈性，我嘴裏不認老有什麼用？我體內器官可不與我合作。」

我失笑，沒想到他會形容得這麼細緻及真實。

他說：「我已在溫哥華買好地皮，要告老退休，這裏，這裏留給世球。」

「你會習慣？」我詫異的問：「你在這數十年來一直帶動近千人勞動，你預備退休？」

他緩緩說：「我有我的打算。」

「可以告訴我嗎？」

「我想再婚。」

我的眼睛亮起來，一切愁苦不驅自走，我興奮的說：「真的？你打算婚後到外國去開始新生活？」

呵，我怪錯他，他是有誠意的，母親終於苦盡甘來。

葉成秋沒有回答我，他斟了杯拔蘭地喝一口。

琥珀色的酒在水晶杯子裏閃閃發亮，煞是好看。

「地皮有多大？世球替你設計屋子？」十萬個問題，「不要蓋那種傳統式平房，款式要別致：長而高的落地窗，不用窗簾，房間要很大很大，所有傢具都拋在中央，每人都可以有一間睡房一間書房以及浴室……」

「之俊，你會為我作室內設計嗎？」

「當然，葉伯伯，當然，」我跳起來，「我等這一日已經等了良久，你知會我母親沒有？」

他看着我。

「這一刻終於來臨，」我笑，「你反而不知道怎麼開口？」

「之俊。」

「什麼？」

「我再婚的對象，並不是葛芬。」

他的聲音很鎮靜，像是操練過多次，專等此刻公佈出來。

我一聽之下，無限歡喜變成灰，猶如一盆冷水當頭傾下來，整個人呆住。

是什麼人？不是母親是什麼人？是哪個電視台的小明星，抑或是新進的女強人？聽葉成秋的口氣，似乎在這位新夫人進門之後，一切還可以維持不變，但我深切的知道，他再婚之後，我們姓楊的女人，再也難上他葉家的門。

我忽然間覺得索然無味，低着雙眼不出聲。

「之俊，」他像是有心叫我知道，好讓我把話傳給母親，免他自己開其尊口。「之俊，我心目中的對象，是你。」

我霍地站起來。

我？

我。

震盪之餘，是深切的悲哀，我做過些什麼，以致招惹這麼大的羞辱？先是葉世球，後是他父親，都對我表示想拿我做情人。

我別轉面孔，但脖子發硬，不聽命令。

我想說，這是沒有可能的事，但葉成秋不同其他男人，我得另議一個更好的理由。

怎麼會呢？他怎麼會提出這麼荒謬的要求？自小到大，我把他當父親一樣看待，事情怎麼會崩潰到今日這般局面？

是不是我的錯？我太輕佻？我給他錯覺？

自始到終，他是我最敬愛的長輩，他在我心目中，有最崇高的地位，他是我四季的偶像，不落的太陽，他怎麼可以令我失望？

忽然之間我憤懟填胸，一股前所未有失落的恐懼侵襲我心，在這世界上，你不能相信任何人，真的不能相信人，你最看好的人便要了你的命。

我氣得濺出眼淚來。

是，我做人不成功，我尚未成精，我不夠成熟，我不能淡淡的，連消帶打漂亮地處理掉這件事。

我從頭到尾是個笨女人。

我又用手掩住面孔，我又掩住面孔，我也只會掩住面孔。

我連拔足逃走的力氣都沒有，我頭昏。

葉成秋遞給我手帕。

他鎮靜的說：「之俊，你的反應何必太激？對於一切的問題，答案只有兩個：是，與不。」

他說得很對，我一向把他的話當作金科玉律，我太沒有修養，我必須控制自己。

我抹乾眼淚，我清清喉嚨，我說：「不。」

「有沒有理由支持這個答案？」

我說：「母親……」

「她知道，我昨天向她說過。」

我更添增一分恐懼，「她知道？她沒有反應？」

「她說她早看出來。」

我後退一步。

「之後，」葉成秋無奈的笑，「你的表情像苦情戲中將遇強暴的弱女，這究竟是怎麼一回事？我像個老淫蟲嗎，我這麼可怕？這麼不堪？」

我呆呆看着他，想起幼時聽過的故事：老虎遇上獵人，老虎固然害怕，獵人也心驚肉跳。

在這種歇斯底里的情緒下，我忽然笑了起來。

葉成秋鬆口氣，「好了好了，笑了，之後，請留步，喝杯酒。」

我接過拔蘭地，一飲而盡，一股暖流自喉嚨通向丹田，我四肢又可以自由活動了。

人生真如一場戲。該上場的女主角竟被淘汰出局，硬派我頂上。

我終於用了我唯一的台辭，「這是沒有可能的。」

葉成秋笑，「你對每個男人都這麼說，這不算數。」

我氣苦，「你憑什麼提出這樣無稽的要求？」

「我愛你，我愛你母親，我也愛你女兒。之後，如果你這輩子還想結婚的話，還有什麼人可以配合這三點條件？」

我看住他，不知怎麼回答，這個人說話一向無懈可擊。

過半晌我說：「你也替我母親想想。」

「對我來說，你就是你母親，你母親就是你。」

「強詞奪理。」我冷笑。

「我一直愛你。」

「我需要的是父愛，不是這種亂倫式的情慾！」我憤慨。

「你言重了，之俊，」他也很吃驚，「我沒想到你會有這不可思議的念頭——」

「你才匪夷所思。」

他只得說：「之俊，你看上去很疲倦，我叫車子送你回去。」

「我不要坐你家的車子。」

他無奈的站着。

我問自己：不坐他的車就可以維持貞潔了嗎？數十年下來，同他的關係千絲萬縷，跳到黃河也洗不清。

我歎口氣，「好的，請替我叫車子。」

我原想到母親家去，但因實在太累，只得作罷。

這個晚上，像所有失意悲傷的晚上，我還是睡着了。

做了一個奇特的夢。

我與我母親，在一個擠逼的公眾場所，混在人群中。看仔細了，原來是一個候機室。母親要喝杯東西，我替她找到座位，便去買熱茶。到處都是人龍，人們說着陌生的語言，我裝手勢，排隊，心急，還是別喝了，不放心她一個人擱在那裏，於是往回走。

走到一半，忽然發覺其中一個櫃口沒有什麼人，我掏出美金，買了兩杯熱茶，一隻手拿一杯，已看到母親在前端向我招手。

就在這個時候，有四五條大漢嬉皮笑臉的向我圍攏來，說些無禮的話。

我大怒，用手中的茶淋他們，卻反而濺在自己身上。

其中一個男人涎着臉來拉我的領口，我大叫「救我，救我！」沒有人來助我一臂之力，都是冷冷的旁觀者。

在這個要緊關頭，我伸手進口袋，不知如何，摸到一把尖刀，毫不猶疑，將之取出，直插入男人的腹中。

大漢倒下，我卻沒有一絲後悔，我對自己說：我只不過是自衛殺人，感覺非常痛快。

鬧鐘大響，我醒來。

這個夢，讓佛洛依德門徒得知，可寫成一篇論文。

一邊洗臉我一邊說：沒有人會來救你，之後，你所有的，不過是你自己。

我要上母親那裏，把話說明白。

我大力用刷子刷通頭髮，一到秋季，頭髮一把一把掉下來，黏在刷子上，使它看上去像隻小動物。

陶陶來了，已誇張地穿着秋裝，抱着一大疊畫報，往沙發上坐，呶着嘴。

我看這情形，彷彿她還對社會有所不滿，便問什麼事。

「造謠造謠造謠。」她罵。

「什麼謠？」

「說我同男模特兒戀愛，又說我為拍電影同導演好。」

她給我看雜誌上的報告。

我驚訝，「這都是事實，你不是有個男朋友叫喬其奧？還有，你同許導演曾經一度如膠如漆。」

「誰說的？」陶陶瞪起圓眼，「都只是普通朋友。」

我忍不住教訓她，「你把我也當記者？普通朋友？兩個人合坐一張櫈子還好算普通朋友？」

「我們之間是純潔的，可是你看這些人寫得多不堪！」

「陶陶，不能叫每個人都稱讚你呀。」

「媽媽，」她尖叫起來，「你到底幫誰？」

我啼笑皆非。她已經染上名人的陋習，只准讚，不准彈，再肉麻的捧場話，都聽得進耳朵，稍有微詞，便視作仇人。

我同她說：「陶陶，是你選擇的路，不得有怨言，靠名氣行走江湖，笑，由人，罵，也由人，都是人家給你的面子，受不起這種刺激，只好回家抱娃娃。名氣，來自群眾，可以給你，也可以拿走，到時誰都不提你，也不罵你，你才要痛哭呢。」

她不愧是個聰明的孩子，頓時噤聲。

「夠大方的，看完一笑置之，自問器量小，乾脆不看亦可。這門學問你一定要學，否則如何做名人，動不動回罵，或是不停打官司，都不是好辦法。」

她不服帖，「要是這些人一直寫下去，怎麼辦？」

「一直寫？那你就大紅大紫了，小姐，求還求不到呢，你倒想，」我笑，「你仔細忖忖對不對。」

她也笑出來。

我見她高興，很想與她談比較正經的問題。

她伏在我身邊打量我，「媽媽，你怎搞的，這一個夏天下來，你彷彿老了十年。」

我說：「我自己都覺得憔悴。」

「買罐名貴的晚霜搽一搽，有活細胞那種，聽說可以起死回生。」

「別滑稽好不好？」

「唉呀，這可不由你不信邪，我替你去買。」

「陶陶，這些年來，你的日子，過得可愉快？」

「當然愉快。」

「有……沒有缺憾？」

「沒有。」

「真的沒有？」

「沒有。你指的是什麼？」

「你小時候，曾問過我，你的父親在哪裏。」

陶陶笑，「他不是到外地去工作了嗎。」

「以後你並沒有再提。」

陶陶收斂表情，她說：「後來我明白了，所以不再問。」

「你明白什麼？」

「明白你們分手，他大約是不會回來了。」陶陶說得很平靜。

「一直過着沒有父愛的生活，你不覺遺憾？」

「世上沒有十全十美的生活，你所沒有的你不會懷念。」

她竟這麼懂事，活潑佻脫表面下是一個深沉的十八歲。

「媽媽，你為這個介懷？」

我悲哀的點點頭。

「可是我的朋友大多數來自破裂的家庭，不是見不到父親，便是見不到母親，甚至父母都見不着，這並不是什麼稀奇的事，換句話說，媽媽，我所失去的，並不是我最珍惜的。」

我默默。

「媽媽，輪到我問你，這些年來你的生活，過得可愉快？」

「過得去。」

「媽媽，你應當更努力，我們的目標應當不止『過得去』。」

「陶陶，你母親是個失敗者。」

「胡説，失敗什麼？」

我不出聲。

「就因為男女關係失敗？」陶陶問。

我不想與女兒這麼深切的討論我的污點。

「陶陶，我很高興你成熟得這麼完美。」

她搭住我的肩膀。「媽媽，你不把這件事放開來想，一輩子都不會開心。」

我強笑地推她一下，「怎麼教訓起我來？」

她輕輕說：「因為你落伍七十年。」

我鼓起勇氣說：「陶陶，你父親，他回來了。」

「啊？」她揚起一道眉毛。

「他要求見你，被我一口回絕。」

陶陶問：「為什麼要回絕他？」

「你以為他真的只想見你一面？」

「他想怎麼樣？」

我看着窗外。

「他不是想領我回去吧？」陶陶不置信的問。

我點點頭。

陶陶忽然用了我的口頭禪：「這是沒有可能的事。」

我大喜過望，「你不想到超級強國去過安定繁榮的生活？」

「笑話，」陶陶說：「在本市生活十八年，才剛露頭角，走在街上，也已經有人認得出，甚至要我簽名。

「電台播放我的聲音，電視上有我的影像，雜誌報章爭着報導我，公司已代為接下三部片子，下個月還得為幾個地方剪綵，這是我自小的志願，」陶陶一口氣說下去，「花了九牛二虎之力才向母親爭取到這樣的自由，要我離開本市去赤條條從頭開始？發神經。」

這麼清醒這麼精明這麼果斷。

新女性。

做她母親，一切擔心都是多餘的。

「把他的聯絡地址給我，我自己同他說。」她接過看，「呵，就是這個英念智。」完全事不關己，道行高深。

這種態度是正確的，一定要把自身視為太陽，所有行星都圍繞着我來轉，一切都沒有比我更重要。這，才是生存之道。

我懂，但做不出，陶陶不懂，但天賦使她做得好得不得了。

她擁抱我一下，「不必擔心，交給我。」

陶陶瀟灑的走了。

我呆在桌前半晌。

事在人為，在我來說，天大的疑難，交到陶陶手中，迎刃而解。人笨萬事難。

我翻閱陶陶留下的雜誌。

寫是寫得真刻薄，作者也不透露陶陶真姓名，捕風捉影，指桑罵槐地說她不是正經女子。也有些表示「你放馬過來告到樞密院吧，歡迎歡迎」，指名道姓的挑撥當事人的怒火。

看着看着，連我都生起氣來，一共才十八歲的小女孩子，能壞到什麼地方去？愛捧就捧到天上，愛踩又變成腳底泥，不得不歎口氣，有什麼不用付出代價？這就是出名的弊端。

但寧為盛名累死，也勝過寂寂無聞吧。

至要緊是守住元氣，當伊透明，絕不能有任何表示。他們就是要陶陶又跳又叫，陶陶要是叫他們滿足，哪還得了！

我把雜誌全部摔進垃圾桶，本是垃圾，歸於垃圾。

今日告一天假，我務必要去與母親算賬。

母親在看劇本，身為玉女紅星的經理人，她可做的事多得很。

我取笑她，「星婆生涯好不好？」

她瞪我一眼。

眼角有點鬆，略為雙下巴，然而輪廓依舊在，身材維持得最完美。

有一次她說：「沒法度，保養得再好，人家也當你出土文物看待。」

真的，連用詞都一樣：什麼顏色沒有失真，形狀有時代感，兼夾一角不缺等等。

她抬起頭來，「阿一，盛一碗紅棗粥出來。」

阿一大聲在廚房嚷出來，「我在染頭髮，沒得空。」

我笑。

「你來是有話同我說？」

我點點頭。

「為了葉成秋？」

「他無恥。」我衝口而出。

母親瞪我一眼，「別誇張。」

「他向我求婚，多卑鄙。」

「之後，一個男人，對女人最大的尊敬，便是向她求婚，你怎麼可以把話掉轉來説？」

「他以為他有錢，就可以收買咱們祖孫三代。」

「誠然，有錢的男人花錢不算一回事，花得再多也不過當召妓召得貴，但現在他是向你求婚呀。」

我發呆，「你幫他，媽媽，你居然幫他？」

母親冷笑，「我是幫理不幫親。」

「什麼，你同他那樣的關係，幾十年後，你勸我嫁他？」

母親霍地站起來，「你嘴裏不乾不淨説什麼？我同他什麼關係？你聽人説過還是親眼見過？」

我一口濁氣上湧，脖子僵在那裏。

豈有此理，十八歲的女兒堅持她是純潔的，現在五十歲的老娘也同我來這一套。

好得很，好得很，好得不得了。

我氣結，只有我齷齪，因為我有私生女，人人看得見，她們不同，她們沒有把柄落在人手。

我像個傻瓜似的坐在那裏，半晌，忽然像泰山般號叫起來洩憤，碰巧阿一染完頭髮端着紅棗粥出來，嚇得向前仆，倒翻了粥，打碎了碗。

我又神經質的指着她大笑。

母親深深歎口氣，回房去。

我伏在桌上。

這麼些日子，我勤力練功，但始終沒有修成金剛不壞身。

多年多年多年之前，母親同葉成秋出去跳舞，我就在家守着，十二點還不回來，就躲床上哭。

阿一說：「傻，哭有什麼用？哭哭就會好了？」頭的重量把手臂壓得發麻，我換個姿勢。

忽然聽見母親的聲音：「我不是勸你嫁他。」抬起眼，發覺她不知什麼時候已坐在我身旁。

「我不能阻止他向你求婚。」她苦澀的說。

我已鎮定許多。母親有母親的難處。

「我亦不怪他，」她說下去，「近四十年的老朋友，他的心事，我最了解。」窗外的天色漸漸暗下來，呈一種紫灰色，黃昏特有的寂寥一向是我所懼，更說不出話來。

「他想退休，享幾年清福，怕你不好意思，故此建議同你到加拿大去。」

我輕輕問：「他為什麼不帶你去？」

一對情人，苦戀三十多年，有機會結合，結局卻如此離奇。

「我怎麼知道他為什麼不帶我。」母親的聲音如摻着沙子。

可是嫌她老，不再配他？

「帶誰，隨他，去不去，隨你。有幾個人可以心想事成，」她乾笑數聲，「人生不如意事常八九。」

「他怎麼會想到我頭上來。」

「他欣賞你。」

「媽媽——」

「這是事實，他要女人，哪還愁沒人才。」

「他開頭那麼愛你。」我無論如何不肯開懷。

「那是很久之前的事了。」

「你不恨他？」

「不。我已無那種精力，我還是聚精會神做我的星婆算了。」

我不相信，但也得給母親一個下台的機會。

阿一又盛出紅棗粥，我靜靜地坐在那裏吃。

「葉成秋可以給你一切，這確是一個機會。」

我說：「葉世球說他也可以滿足我。」
「但葉成秋會同你結婚，而葉世球不會。」
「媽，你不覺荒謬？他們是兩父子。」
「也不過是兩個男人。」她冷冷說。
「可以這樣機械化的處理？」
「當然可以。」
「那麼依你說，如果我要找歸宿，葉成秋比葉世球更理想？」
「自然。」
「如果我不打算找歸宿呢。」
「這是非常不智的選擇。」
「你看死我以後沒機會？」
「之後，你想你以後還有沒有更好的機會？」
阿一在旁勸說：「兩母女怎麼吵起來？再苦難的日子也咬緊牙關熬過去了。」我不去理阿一，問道：「你是為我好？」

「叫你事事不要托大。」

「為什麼早廿年你沒好好教導我？現在已經太遲。」

「我沒有教你？我教你你會聽？」

阿一來擋在我們母女之間，「何必在氣頭上説些難聽又收不回來的話？」

「我改天再來。」我站起告辭。

母親並沒有留我。

做人，我也算煩得到家了。

母親勸我，我不聽，我勸陶陶，她亦不聽。誠然，三代都是女人，除此之外，再無相同之處。

踱步至父家，上去躭了十五分鐘。

那夜我睡得很壞。

第二天一早就有電話。

一個女人親親密密叫我之俊，這是誰？我並沒有結拜的姐妹。

「之俊，我曉得你是個受過教育的人，我們很感激你的大方，你終於明白過來——」

我知道這是誰，這是英夫人。

她在說什麼？

「之俊，陶陶約我們今天晚上見面，我們很高興，念智已經趕出去買新西裝。之後，你給我們方便，我們會記得，將來或許你有求我們的地方，譬如說：我們可以出力讓陶陶幫你申請來美國——喂，喂？」

陶陶約他們今晚見面？

我沉着的說：「英太太，陶陶已是成人，她是她，我是我，有什麼話，你對她說好了。」

「要不要來美國玩？我們開車帶你兜風，你可以住我們家——」

「英太太，我要出去辦公，再見。」

這是真話。

回到繪圖室，我扭開無線電，在奶白色晨曦下展開工作。

無線電在唱一首老歌，約莫廿年前，曾非常流行，叫做《直至》。

「——直至河水逆流而上
青春世界停止夢想
直至那時我愛你
你是我活着的因由
我所擁有都可捨予
只要你的青睞
直至熱帶太陽冷卻
直至青春世界老卻
直至該時我仍愛——」
唱得盪氣迴腸。
我為之神往，整個身體側向歌聲細聽，心軟下來，呵，能夠這樣的愛一次是多麼的美麗。
「呀唔。」有人咳嗽一聲。
我跳起來。

是葉世球。

我紅了面孔。

「愛那首歌？」他坐下來。

我點點頭，愛就是愛，何必汗顏。

「你渴望戀愛？」

「是的，像希夫克利夫與凱芙般天地變色的狂戀熱戀。」

「嘖嘖嘖。」

「世球，為什麼在三十年前，人們還記得戀愛這門藝術？」

葉世球很溫柔的答：「之俊，因為那時候，渡過維多利港只需一毛錢。之俊，在那個時候，月薪五百可以養成家人。之俊，現在我們的時間精力都用來維持生活的水準，社會的價值觀念已經轉變。之俊，不要再懷舊，你將來的日子還多着。」

「但我渴望墮入愛河。」

「每個人都會有這樣機會。」

我很失望。

葉世球今日比往日更為英俊，他似笑非笑的看着我。

相視半晌，他說：「陶陶今晚去見她父親。」

他又知道了。

他同陶陶走得很近哇，而且很明顯地，陶陶信任他，自從他贊助陶陶競選之後，他們成為忘年之交。

我反而要從他那裏得知陶陶的心事。

「她既不肯跟英家去美國，何必去見他？」我問。

「之後，你頭腦真簡單，也許十年，也許廿年後她用得到他們呢，現在聯絡感情，有何不可？」

「用？」我如聞見響尾蛇。

「是的，用。」

「人與人之間可否不提這個字？」

「能，小朋友們每人夾十塊錢齊齊買雞翼去燒烤可以不提這個用字。」

「原來陶陶得你的真傳。」我瞪目。

「不敢不敢，孺子可教也。」他微笑。

「你會陪陶陶去見他們？」

「義不容辭。」

我鬆口氣。

「喜見楊之俊終於放開心中大石。」他取笑我。

他與他父親長得相像，倘若葉成秋不是同母親有那種關係，我的反應是否相反？

那簡直是一定的。

客觀的看，葉成秋年紀又不很大，風度才華不在話下，他不算最富有，但是捨得花，錢用在刀口上，他舒服，跟他的人也舒服。

性情好、風趣、智慧。即使再過十年，他還是個理想的男人，打着燈籠沒處找。

在我心目中，男人若果沒有一點像葉成秋，就不值得多看一眼。

但是自小我沒有從長輩以外的角度去看過他，他是像神明一般的人物，我一點褻瀆的念頭都沒有，把他當一個普通人看待，已是大大的不敬。

我的腦筋生銹，轉不過來。

跟一個男人走，唯一的可能，是因我心身都愛上了他。

不，我沒有學乖，我心仍然嚮往不切實際、愚蠢且浪漫的愛情生活。

我也愛葉成秋，但是完全不同的一回事。

世球在這時拍拍我的肩膀，「之俊，你又墮入你那隱秘的小天地裏去了。」

他離開我的房間。

我沒有時間再自思自想，投入工作。

陶陶與英氏吃完飯，上來看我。

她穿着成套的絲絨緊身上衣，窄裙，綠寶大耳墜配衣服顏色，七公分高細跟鞋子，頭髮盤成二十年代那種辮子髻。

我沒想到她會打扮得這麼隆重。

也好，讓老鄉開開眼界。

她的化妝極濃，但年輕的皮膚吸緊面粉，只覺油光水滑，如剝殼雞蛋，看在我眼中，但覺心曠神怡。

我說：「像顆明星。」

「我確是明星。」她說。

「說了些什麼？」我問。

「他們很客氣，有勞倫斯在，場面總是熱鬧的。」

「英太太話很多吧。」

陶陶微笑，「是，直到勞倫斯告訴她，他在美國出生，並且在加州核桃溪有一大塊地皮，一直不知用來蓋什麼好。」

我很感激世球。

「他……怎麼樣？」我說。

「一直說不信我是陶陶。他以為我還是小女孩，他知道我有十八歲，但沒有聯想到我會是這個樣子。」

我點點頭。

「媽媽，你有沒有發覺，我現在叫楊桃，如果跟他的姓，便是櫻桃。」她笑。

我倒是一呆。

她伸出腿，踢掉鞋子，把耳環除下，解下頭髮，拿我的面霜下妝。

「還說些什麼？」

「他那雙眼睛一直紅，又彷彿有痰卡在喉嚨，一言難盡的樣子，相當的婆媽，但看得出他不是壞人，我婉拒他的好意，因為勞倫斯說，將來到世界任何一個城市去住都不成問題，他會幫我。」

勞倫斯這，勞倫斯那。

「他將會在本市住一年，我答應有空去看他。」

就這樣，就這樣解決我十多年來之難題。

她取我的睡衣換上，不知自什麼地方翻出一本書，看了起來。

我已經有一段長時期沒看見她這麼用功，她一邊翻閱，一邊興奮的同我說：

「媽媽，你可知道圓明三園的來歷？」

嗄？

「玄燁——這便是康熙，鹿鼎記中小桂子的好友小玄子，」她解釋，「玄燁最初把明代的清華園改建為暢春園，其後在暢春園北修了一座圓明園給還未登位的胤禎，到了胤禎（雍正）登位之後，便把圓明園擴建，索性把家搬到園中，每年御駕駐園達十個月之久，因此，圓明園一開頭便是一個『朝廷』，不是閒來到此一遊的花園。」

她把資料朗誦出來，我一時不解其意，不過聽得津津有味。

「……即以小說紅樓夢的故事而論，大觀園並不是專供遊玩而建造的，興建的原因是為了接待皇妃元春回家省親，因此整個佈局就以滿足舉行歡迎和慶祝儀式的需要而展開，南京清江寧織造府的舊園『商園』有人說就是大觀園的模式。」

「噫，好有趣，請讀下去。」

「毀於英國人與法國人的圓明三園顯然就是一座園林式的皇宮，所謂三園是指圓明園、長春園與綺春園，成倒『品』字形組合在一起，該園始於康熙，興於雍正，盛於乾隆。」

「這本書是哪裏借來的？」

「據說圓明園中有四十景，但並不是四十組不同的建築群，有趣的問題在於如何將眾多不同風格和功能的元素和諧地組織在一起，園中有園，區之中有局。」

唔。

「媽媽，你聽聽這四十個景的名稱多美妙，正門叫出入賢良門、殿叫正大光明殿、花園叫深柳讀書處，還有一處地方叫坦坦蕩蕩，抽象一點的有天宇空明、山高水長，多稼如雲、映水蘭香、上下天光、茹古涵今、澡身浴德……我想破腦袋都不知是些什麼景處。」

我笑，「那自然。」忽然我靈光一現，「這本書是葉世球借給你的。」

「是呀。」

「他怎麼會對圓明園發生那麼大的興趣？」

「因為勞倫斯說圓明三園是一個存在於十八世紀、世界上獨一無二的真正的花園城市。十九世紀英國人有過建立花園城市之夢想，但他們只不過是紙上談兵。」

「那又怎樣。」

「他將建議復修圓明園。」

「我不相信！」
「他已搜集了成千上萬有關圓明三園的資料。」
「這是一項一百年的工程。」
「不，勞倫斯說，約十六年夠了。」
我起了疑心。
我問：「這一切與你有什麼關係？」
陶陶不響。
山雨欲來風滿樓。
過很久，她說：「勞倫斯叫我跟着他。」
「他，叫你跟着他？」我站起來。
「是。」
「多久？十六年？」
「當然不是。」
嚇！我不相信雙耳，葉世球像足他老子。

竟叫陶陶隨他去辦事，好讓他身邊有個人，旅途中不愁寂寞。

我不答應他就來問陶陶。

我問：「他向你求婚？」

「沒有。」

「你打算與他同居？」

「媽媽，鎮靜些，我們只是朋友。」

「朋友？」

「是，就像喬其奧及許宗華一樣，我同勞倫斯是朋友。」

「呵是，純潔的朋友。」

「媽媽，你不需要這樣諷刺。」

我像鬥敗的公雞，頹然倒在沙發上。

我問：「你已決定了？」

「是。」

「往後的日子，絕不後悔？」

「我不認為事態會嚴重得要後悔的地步。」

說得也對，現在是什麼時代，更大的恐懼都會來臨，說不定哪一日陶陶會因劇情所需，做一個為藝術犧牲的玉女明星。

「你的三套新戲呢？」

「來回走着拍，總會有空檔。」

「你愛葉世球嗎？」

她點點頭。

我心中略為好過一點。

「他也愛你？」

陶陶又點點頭。

我不服氣，「他懂什麼叫愛？」

陶陶嗤一聲笑出來，「他一直說你看不起他。」

「人必自侮而後人侮之。」

「勞倫斯是個很好很好的人，」陶陶一本正經告訴我，「他真的關心我。」

我忍不住問：「這是幾時開始的事？」

「記得嗎，一日開派對，我在這裏第一次碰到勞倫斯。」

我記得。

「後來他約會你？」

「不是，我有事去找他，我需要一個成熟的朋友。」

我歎口氣，這是欠缺父愛的後遺症。

陶陶拉起我的手，「你不動氣？」

我？我只有出的氣都沒進的氣了。

我說：「勞倫斯著名有愛無類，女人只要有身份證，都可以排隊。」

「每個人都有缺點。」陶陶微笑。

陶陶已不能回頭，她並不打算做一個平凡幸福的普通女人，她抱定主意投奔名氣海，無論在感情及事業上，都要求充滿刺激。

她選擇錯誤？並不見得，每一種生活方式都需要付出代價。

我接受事實。

「勞倫斯説，他怕你會追殺他。」

老實説，陶陶同他走，我放心過她同喬其奥。

也許母親也這麼想吧，也許母親也認為我跟葉成秋並不太壞。

母親與女兒的想法往往有很大的距離。

「媽媽，你看上去很不開心。」

「陶陶，我一直都是這樣子。」

「我希望你振作起來。」

「去睡吧。」

她打個呵欠，進房間去。

葉世球，如果你令她傷心，我誓死取你首級。

我替她收拾桌面的雜物，一副耳環沉甸甸地，看仔細了，鑲工珍貴無比，竟是真貨，怕不是葉世球進貢給她的。

大概對她動了真感情，但願浪子也有陰溝裏翻船的一天。

第二日我若無其事同世球開了一上午的會。

他約我午飯，我推掉，給他看自備的三文治。

他取過一半吃起來。

我知道他有話說。

「之俊。」

真難得，我以為他要開口叫我媽。

「之俊，陶陶跟你說過？」

「說了。」

「Well？」他很盼望地整個人往我傾來。

「你就是為了玩，玩玩玩玩玩，這個城市每件玩意被你玩到殘，又到別的地方去玩更新鮮的。」

「之俊，我這個人一直給你這種印象，也是我的錯，我不怪你。」他仍然笑嘻嘻。

「陶陶只有十八歲，摧殘兒童。」

「她是一個很成熟的女孩子。」

「也還是只有十八歲。」

「感情也分年齡界限？之俊，你冬烘、頭巾氣、猥瑣、狷介、固執、永遠住在牛角尖裏。」

他瞪着我，我瞪着他。

「說完了？」我問他。

他歎口氣，「我與陶陶都不想你不高興。」

「你不覺得滑稽？追一個女人追到一半忽然跑去追她的女兒？」

他不敢搭嘴。

「你會娶陶陶嗎？」

他轉過頭去。

「還不是玩！」

「將來也許會。」

「也許會。」我學着他的口氣，「也許不會，世事還有第三個可能？陶陶咎由自取，不過葉世球，你良心可要放當中。」

他晃着頭笑：「之俊，你口氣似足八十歲老娘。」

「你幾時再上去？」

「下星期。陶陶有沒有把我的計劃告訴你？」

「我知道，」我諷刺他，「你想拿諾貝爾建築獎。」

「那設計妙不妙？」他興奮的問。

我不予置評。

「之俊，我們在西湖租了一間房子，設備非常齊全。之俊，秋季，可以泛舟採菱角，你難道不嚮往？」

我搖搖頭，也難怪陶陶與他這麼融洽，他們兩人的心態一模一樣。

我說：「你們去吧，去探討美麗新世界。」

「謝謝你，之俊。」

世球拉起我的手，親吻了一下。

他雙眼閃爍着喜悅的光芒，在這一剎那，我相信他愛陶陶。

陶陶不比我，她心上沒有枷鎖，她可不在乎此人是否同她母親有過不尋常關係。

這一代才是真正自由的新女性。

我吃完剩餘那一半的三文治，與助手商討下一次會議的事項。

內地來了四位見習建築師，暫駐華之傑，不支薪水，但求吸收。

我們談論室內裝修，他們也來旁聽，態度非常謙遜，人非常精靈，客氣得不像話，稱呼中那個你字是帶着心的您：「打擾您了」、「叫您抽空」、「請問您」等等，令我這個落伍的人聽着很舒服。

會議完畢已經華燈初上。

這個時候，中年女人的面色最難看，累了一天，粉都補不上去，等到回家，洗把臉，沖個浴，血液流通，又還好些。

我揹着手袋，在走廊等電梯，靠在冰涼的瓷磚牆上，瞌着眼。

「之俊。」

是英念智，他找上來了。

因為結已解開，我就沒那麼討厭他。

他今日看上去也比往日略為討好，掛着微笑，他到底也是個有學問的人，懂得進退。

「上哪裏去？」他問。

「去探望家父。」

「有時間喝杯咖啡？」

我點點頭。

他很覺安慰。

進了電梯，他說：「陶陶同你小時候一個樣子。」

我蒼涼的笑了。說真的也是，都被比大我們許多的男人所吸引。

「真沒想到她那麼好看，」他側頭想一想，很嚮往，「整個人像一顆發光的寶石。」

我說：「那日她濃妝，平時也不過是個小女孩。」

「之後，多謝你為我養育這麼可愛的女兒。」

我立刻說：「這個女兒，不是為你養育的。」

他沉默一會兒，「之俊，我又說錯話，對不起。」

我與他步出電梯。

他歎口氣，「要你原諒我，也畢竟難一點。」

「不，我從未責怪過你，又何須原諒你？」說我古老，他比我更糾纏不清。

他也發覺這一點，尷尬地把手插口袋中，「我笨，之俊，你別見怪。」他很怕得罪我。

我們找間好的咖啡廳坐下來。

隔壁枱子坐着個女青年，牛仔褲大球衣，一隻布袋掛在椅背上，相貌很平凡，聲音很洪亮，正在教育她對面的小男生，那男的大約剛送完文件下班，一杯咖啡已喝乾，很疲倦的看着女友，聽她訓導。

她正在說：「到了一九九七——」

我嚇一跳，連忙向英某投過去一眼角色，表示要換位子。

他這次倒很機靈，跟我到另一角落去。

這次比較好，鄰座是一個金髮洋人與一混血女郎，那女孩美得像朵玫瑰花，兩人情意綿綿的在喝白酒，看着很舒服。

女青年的聲音仍傳過來，不過低許多。我與英氏還不知如何開口，她已說到黃花崗七十二烈士。但她不肯定烈士為何犧牲，問那後生，「是打日本人？是不是？是不是？」那男孩被她震呆，不知如何回答。

我想叫過去，是打慈禧，小姐。

原以為這種誇張的文藝憤怒青年已經過時消失，誰知還有孤本。

「……會不會好一點？」英念智不知說了什麼。

「嗯？」我看着他。

「把過去的不快說出來，會不會好過一點？」

「什麼不快？」我反問。

「我都不知你怎麼千辛萬苦才把陶陶帶大。」

我微笑，「看過苦情戲沒有？賣肉養孤兒，陶陶就是那樣大的。」

他很吃驚，「之俊，你怎麼可以拿自身來開這種玩笑？」

我聳聳肩。

「我落伍了，之俊。」他不安的說。

英念智不安的說：「我不能接受這樣的新潮作風。」

「我算新？陶陶認為我古老石山。」

「陶陶的確站在時代的尖端。」他亦承認，「我都沒見過似她那樣的女孩，只有在時裝書裏看過那種打扮。」

我們這一代女人所嚮往的，在她那一代，終於都得到了。

「那位葉世球，是她的男朋友？」

「是。」

「聽說是著名的花花公子？」

「是。」

「你不擔心？」

「不。」我說：「年輕女孩子，喜歡挑戰，她們最怕生活沉悶。」

「看得出你們感情很好。」

「我們相愛至深。」

「之後，我的妻子……。」他似有點歉意。

「她不錯，」我說：「她以你為重，她崇拜你，這是很難得的。」

他沉默，慣性地旋轉茶杯。

「之後，我欠你那麼多……」

「得了得了，事過境遷，提來作甚？」

他再三的說：「說出來會好一點。」

「不，說出來並不會好一點。」

怎麼搞的，這老土一定要與我上演半生緣。

「我不相信你都忘了。」

「你想知道什麼？」我真佩服自己的耐性。

他又說不上來，只得長長歎一口氣，從他的表情我可以看得出，他終於明白過來，許多金光燦爛的記憶，都禁不起歲月的考驗，褪至灰白。

他同時也知道，我並不恨他，我們之間，已成陌路，無話可說。

憤怒女青年還在發表偉論：「我希望可以月入萬五元，這樣子開銷才不成問題……」

全間咖啡廳都聽到她的宏願。

我說：「走吧。」

他付了賬。

握過手道再見，他還想說文藝腔，我連忙拍他的肩膀，叫他休息。

我把車開到父親那裏去。

他精神不錯，與兒子下棋，每子必悔，贏了罵，輸了也罵，難得的是，父子同樣投入，兩個弟弟紅着頸子同他吵，見到我，強我做公證人。

他忘記了我對於棋藝一竅不通。

我在那裏喝了碗蓮藕鯙魚湯，覺得很甘香。這樣的湯，打死母親她也不會喝。

你不能說我們不堅毅，在疾病死亡陰影的籠罩下，仍然苦中作樂。

那邊父親一疊聲叫我過去。

繼母向兩個兒子使個眼色，他們乖覺的躲開。

我蹲在父親的身邊，聽他吩咐。

他問我：「陶陶怎麼許久不來？」

「她那麼瘋，哪有停下來的一刻。」

「之後，我是不行的了。」語調異常平靜。

我喉頭乾涸。

「棺材本我倒還有，不必擔心。」

我藉故問：「吃了藥沒有？」

「還有些東西留給你。」

我立刻說：「我不要。」

「你到底是楊家的女兒，怎麼不要？」

「給弟弟。」

他不響。

「爸，如果你真為我好，就把東西留給弟弟。」

「你不要？你已經足夠，不需要我？」

「不是，只是他們比我更需要。答應我。」

他默默想很久，終於點頭。

我噓出一口氣，心中放下大塊石頭。

這間住宅能有多大，不管他們迴避在什麼地方，我相信每句話都會傳入他們的耳朵。

我有點支持不住，與活着的人談他死後財產分配問題，實在太過份，何況這人是我的父親。

「我累了。」他說。

我告辭。

弟弟們一直送我到樓下，雖然不說什麼，也看得出心中是很感激的。

夜涼如水，我拉拉衣襟。

每年等我想起要置秋裝的時候，舖子都大減價了。

陶陶跟世球北上，我裝作看不見。

報上新聞登得很大，圖文並茂，是陶陶穿着牛仔褲球鞋步出勞斯萊斯時攝得的，圖片說明繪形繪聲，陶陶在數個月間變成都市傳奇女性。

英教授不知有沒有後悔認回這個女兒，他滿以為陶陶是個等他救濟的小可憐吧，三餐不繼，住在本市著名的木屋區中，生病要往公立醫院排隊，含着眼淚渴望父愛……

放下報紙我笑出聲來。

我已把繪圖室看作第二個家，什麼事都在這裏做，當下摺好報紙，便喝手中之紅茶。

自內地來見習的小錢進來問我借工具，順便閒聊幾句。

他感覺到工作的壓力驚人，要學的實在太多，最難受的是寂寞。他結婚才一年，孩子出生沒多久就被派下來，頗受了點相思之苦。

他形容得很好：「晚上回去，整個人像是空的，很想家人。」

孩子是女兒，因為只能生一個，頗為遺憾。

我不以為然的說：「此刻男孩與女孩還有什麼分別？不比從前，怕女兒自小嫁到外姓人家去，輕易不得見面，被人虐死也不知道。現在女孩子也什麼都做，又記得家裏，我本人喜歡女兒。」

他衝口而出：「但兒子總是姓錢，女兒嫁出去，就不一樣。」

我瞪着他：「你的姓氏那麼要緊嗎？」

他有點不好意思。

「你看我們這裏，當權的都是女人。」

「是，真的，」小錢說：「這裏女性地位真的高。」

我教育他：「越是文明的社會，女人地位越高，你要好好的疼愛女兒。」

「是是。」他唯唯諾諾。

我笑出來。

小錢借了軟件訕訕的走了。

電話鈴響，我接過：「楊之俊。」

「楊小姐，我代表鍾斯黃烏頓公司。」對方說。

我一呆，這間公司是著名的獵頭手，專替大機構拉角，挖掘行政專門人材。

「我可以為你做什麼？」我問。

那邊的聲音極富魅力，「小姓高，希望楊小姐撥冗與我們談談公事。」

「公事？」

「是，我們受客人委託，指明要楊小姐幫忙。」

「可否先透露一二？」

「可以，我們了解你此刻為華之傑進行一項工程，約莫明年年中才可完工，但剛巧與我委託人的時間配合，所以要預早談合同。」

我的心狂躍。

來了，這一刻終於來臨，苦幹多年，終於獲得賞識，我不知如何回答，萬分感慨，鼻子竟發酸。

高先生急急地說：「楊小姐下星期一有沒有空？」

「有。」

「上午十時或下午三時，隨楊小姐選。」

「上午我來貴公司面談。」

「到時見。」高先生爽快的掛了電話。

我輕輕放下話筒，歡呼一聲，忽然間熱淚汩汩而下，心中充滿說不出的快意：成功了成功了。

對我這種小人物來說，這便是山之峰，天之尖。

我伏在繪圖桌上，我找到了，我終於找到了自己。這是我事業的第一步，我終於獲得開步走的資格，道路無論有多少荊棘，終會走得通。

我一邊開心一邊飲泣，一邊覺得自己傻氣。

「之俊。」

我連忙擦乾眼淚，轉過身子。

葉成秋站在門外，臉色微慍。我站起來，「什麼事，葉伯伯，工作上有問題？」他坐下來，看着我。

我還未見過他動氣，非常不安。

他問：「新發基來挖你角？」

「誰？」我瞠目。

「之俊，對我你可以坦白。」

「是新發基？我不知道，我剛收的電話，他們叫我星期一去談話。」

「你去不去？」

「去呀！」

「之後，你要工程，我這裏有的是，你何必起貳心？」他惱我。

「咦，我只是一枚微不足道的小釘子。」

「我用的人，全部都是英才。」

「每個人都知道我是黃馬褂——」

「瞎說，只有你才這麼想。」

「那麼多設計人才都有大學文憑，你一登報真可以隨便挑。」

「你是走定了？」

我不明他為何無端發作，「人家還沒決定要請我呢。」

「瘦田沒人耕，耕開有人爭。」

「有沒有我有什麼不同？」

「當新發基一切條件與華之傑相同，而他們多了一個你的時候，有沒有你就發生作用。」

我說：「這種機會是很微的。」

「微？那他們為什麼要拉你過去？」

我不禁飄飄然。

「做生意，只怕萬一，不怕一萬，我不准你走。」

「葉伯伯，你不是要退休去加國？」我問：「這裏的事，何必還這麼勞心？」

「我今天可沒退休，之俊，無論新發基給你什麼條件，回來同我商量。」

「你不退休了？」

他雙手插在口袋裏。

才五十多歲，正當盛年，退個鬼休。即使去到外國，怕他還是得打出更大的局面來。他說：「你陪我走，我就退休。」

我也攤開來說：「我怎麼同你走？世球與陶陶已結伴北遊，他倆有什麼發展，我同你就是親家，葉伯伯，世球未來的丈母娘怎麼又可能是他的繼母？他們的孩子叫你祖父，叫我外婆，這個局面又怎麼收拾？」

葉成秋不響。

「現在連叫我母親陪你走都不可能了。」
他說：「任性的人往往最佔便宜的，這次世球佔了上風。」
「葉伯伯，請讓我們維持目前的關係，直到永遠。」
「世球與陶陶是不會結婚的。」
「你怎麼知道？他們做事那麼神化。」
「你此刻是為陶陶犧牲？」
「不，但既然陶陶與世球已經到這種地步，我們就得適可而止。」
「乘機而止。」葉成秋說。
可以那樣說，是陶陶替我解了圍。
我安樂的看着葉成秋，胸有成竹，咪咪嘴笑。
他詫異的說：「之俊，你不同了。」
「我不同？」
「是，你變得深思熟慮，懂得利用機會。」
「呵，成精了。」我稱讚自己。

葉成秋一邊點頭一邊說：「好，好，我可以放心。」

我笑出來。

我了無牽掛，真正開始享受生活。

星期一，我如約去到鍾斯黃烏頓。

高先生是個英俊小生，對我如公主般看待，拉椅子，遞香煙，無微不至，但看得出做起生意來，也必然如葉世球精明入骨。

我並沒有準備對白，我打算實事求事，我說：「是新發基公司是不是？」

高先生一呆，「消息傳得好快。」

我說：「是我目前的老闆同我說的。」

高先生急說：「他不肯放人？」

「我與葉先生沒有合同。」

高點點頭，「明人眼前不打暗話，我們聽說楊小姐與華之傑有特殊關係。」

我微笑。

是，他兒子追求我女兒。

「所以當我們的委託人指明要楊小姐幫忙，我們認為這件事不容易辦到。」

「你們的條件好嗎？」我問道。

「願與楊小姐談一談。」高先生說。

「請說。」

他忍不住，「楊小姐名不虛傳。」

「名？」我愕然，「我有什麼名？」

「都說楊小姐做事爽朗，說一是一，說二是二。」

「這算優點？這是華之傑一貫作風。」

他很佩服，「久聞華之傑猛將如雲。」

我竟與高君談得超過一小時。

沒來之前我已決心跳槽。我要證明自己，做不來至多重作馮婦，再去替客人找金色瓷盆。

他們的條件很好，公司十分禮待於我，最難應付的不外是新的人事關係，我的信條是凡事不與人爭，盡其本份做好工作。

使我驚異的是工程不在中國任何一個城市，而是在美國三藩市。

這不由我不想起經濟日報上的一段文字，作者說，中國人已買下多倫多，現在要買溫哥華，已買下三藩市，此刻想收購洛杉磯，更看中紐約市皇后區，要大展鴻圖。葉成秋自然也早已有這個打算。

世球回國發展，他父親要把葉氏企業移往西方揚名，留在本市的人才，也許會成為最重要的環節。

我漸漸看通這一層關係。

這張合同我是簽定了。

離開鍾斯黃鳥頓尚未到午飯時分，我覺得天氣特別爽，陽光特別好，我今日特別年輕，心情開朗。

我一個電話，把母親叫出來吃中飯。

她很疙瘩的叫我到嘉蒂斯訂枱子。

一坐下來便同我說：「看到沒有，左邊是霍家兩個媳婦，右邊是郭家姐妹。」

「是不是這樣就不用叫菜了？」我笑問。

她瞅我一眼，「你最近心情大好。」

「是的。」

「你葉伯伯很生氣。」

我迅速分析她這句話。氣——氣什麼？兩個可能性：（一）為我拒絕他。（二）為我往新發基。（一）已過時，他不可能氣那麼久，故此為（二）的成數比較高。

從這句話我有新發現，母親與他又開始說話了。

我笑問：「他約會你？」

母親支吾，「我們吃過一頓飯，還不是談你。」

「我怎麼了？」

「華之傑大把工程在外國，做生不如做熟。」

「我就是要做生。」

「他氣。」

「他看不開。」

「你是他栽培的。」
「我總會報答他。」
「他說，你是不是不齒於他，要避開他。」
「絕不。」
「那一家也不過是酒店，你已做過，難道不膩？」
「他叫你做說客？」
「他不是那樣的人。」
「他又對你訴苦了？」我很替母親寬慰。
「是呀，」母親嘲弄的說：「他現在比以前更苦，他向人求婚，居然被拒，苦也苦煞脫，沒有苦水，他來找我這個老朋友作啥？」
我忍不住笑，一切恢復舊觀。
她猶疑一刻，「你父親如何？」
「不行了，」我有一絲蒼涼，「數日子，在這段時間內，我會盡量陪他。」
母親說：「他把一切委諸命運，其實操縱他命運的，是他的性格。」

「可是他仍是我父親。」

氣氛有點僵。

母親努力改變話題：「陶陶昨日掛電話回來，我同她說，新戲後天開拍，催她回來，你猜她在什麼地方？」

「火燄山。」

「別開玩笑。她在威海衛，真是，連我們沒去過的地方，她都去了。」

「她很年輕，膽子大，志向遠，這個時候不飛，就永遠飛不起來了。」我說。

「以前你也嘗試過要把她縛住。」母親說。

我尷尬的笑。

「你有沒有想過歸宿的問題？」

「我的歸宿，便是健康與才幹。你還不明白？媽媽，一個人，終究可以信賴的，不過是他自己，能夠為他揚眉吐氣的，也是他自己，我要什麼歸宿？我已找回我自己，我就是我的歸宿。」我慷慨陳詞。

母親說：「嘩，我還沒聽過比這更激昂的講詞，你打算到哪一家婦女會去發表演説？」
「這是真的，我只有三十五歲，將來的日子長着呢。」
「啊，『只有』三十五歲，以前我老聽你説你『已經』三十五歲。」
我厚着面皮説：「噯，我現在的看法變了。」
「很好很好。」
我們吃完飯就走了。
媽媽羨慕郭大小姐嘴上那隻粉紅色的胭脂。為了討好她，為了做人苦多樂少，為了縱容自己，我説：「馬上替你去買。」
我們在門口分手，她打道回府，我去百貨公司的化妝品部。
我把唇膏與腮紅一隻隻研究，擺滿玻璃櫃枱。
「楊小姐。」
我轉過身子。
哎呀，是關太太，不，孫靈芝小姐。
我有點心虛，怕她會記仇，這個小地方，誰不知道誰的事。

但一眼看過去，只見她身光頸靚，容光煥發，穿戴合時，大白天都套着大鑽戒，起碼三卡拉，耀眼生花，她的皮膚比以前更白皙，眼睛更閃亮。

看樣子她正得意，一個人，際遇好的時候，器量自然擴大，想來不會與我計較，我可以放心。

我連忙活潑的用手遮一遮眼，打趣地說：「這麼大的一個燈泡，照得我眼睛都睜不開來。」

孫小姐被我恭維得一點芥蒂也不存。

孫小姐打我一下，「好不好？」

「托福，過得去。你呢？」

「我結婚了，在夏威夷落籍。」

「恭喜恭喜。」這是由衷的。

「我剛才在嘉蒂斯已經看見你，你同朋友在一起。」

「那是家母。」

「這麼年輕，」她詫異，「這麼漂亮。」她展開笑容：「令千金也是個美女。」

終歸納入正題。

我笑，「只有我夾在當中，不三不四。」

「楊小姐，你根本不打扮，來，我幫你挑一隻好的顏色。」她取起櫃枱上的盒子。

我小心應付。

「我沒想到楊陶是你的女兒，」她閒閒的説：「她同葉世球走？」

我笑着耍太極，「報上是這麼説，孩子大了，我也只得裝聾作啞。」

「世球最喜歡在選美會中挑女朋友。」在這一剎那，她有無限依依，聲線都柔和起來，一個女人是一個女人，尚盧高達之名句。

對，記得她是檀香山皇后。

「這隻顏色好。」她下了結論。

我一看，是種極淺的桃子紅，搽在臉上，可能無跡可尋，但看上去一定十分嬌柔。

孫靈芝說：「我買一盒。」

我說：「我要三盒。」

「三盒？」她揚起一道眉。

「我上有母親，下有女兒。」我微笑。

「呵是。」孫小姐恍然大悟。

售貨員替我把粉盒子包好，我接過，與孫靈芝道別。

我走出店舖，陽光如碎金般揉入我眼中。

我忽然發覺，女人，不論什麼年紀、什麼身份、什麼環境、什麼性情、什麼命運、什麼遭遇，生在一千年前，或是一千年後，都少不了這盒胭脂。

噫，胭脂是女人的靈魂呢。

我愉快的伸出手，擋住陽光，向前走。